Amsterdam

Ian McEwan

Amsterdam

Traducción de Jesús Zulaika

EDITORIAL ANAGRAMA
BARCELONA

Título de la edición original:
Amsterdam
Jonathan Cape
Londres, 1998

Diseño de la colección:
Julio Vivas
Ilustración de *Paris Illustre,* París, 1885, AKG Photo, Londres

Primera edición: septiembre 1999
Segunda edición: septiembre 1999
Tercera edición: octubre 1999
Cuarta edición: octubre 1999
Quinta edición: noviembre 1999
Sexta edición: diciembre 1999

ISBN: 84-339-6890-4
Depósito Legal: B. 49178-1999

Printed in Spain

Liberduplex, S.L., Constitució, 19, 08014 Barcelona

Para Jaco y Elisabeth Groot

Los amigos que aquí se conocieron y abrazaron ya se fueron, cada cual a su yerro;

W. H. AUDEN, *La encrucijada*

I

1

Dos antiguos amantes de Molly Lane esperaban fuera de la capilla del crematorio, de espaldas al frío de febrero. Todo se había dicho ya, pero volvieron a decirlo:

–Jamás supo lo que le vino encima.

–Cuando lo supo ya era demasiado tarde.

–Empezó tan de repente.

–Pobre Molly.

–Mmm...

Pobre Molly. Todo empezó con un hormigueo en el brazo, al levantarlo a la salida del Dorchester Grill para llamar a un taxi. Una sensación que ya no la abandonaría hasta su muerte. En cuestión de semanas, Molly se las veía y se las deseaba para acordarse del nombre de las cosas. *Parlamento, química, hélice...* quizá no la preocupaban tanto, pero no así *cama, nata, espejo...* Fue tras la desaparición temporal de *acanto* y *bresaiola* de su vocabulario cuando decidió buscar consejo médico, con la esperanza de que la tranquilizaran. La enviaron a hacerse análisis, en cambio, y, en cierto sentido, ya nunca regresó. Cuán rápidamente la batalladora Molly se convirtió en prisionera enferma de George, su taciturno y posesivo esposo. Molly, mujer espléndida y de ingenio, crítica de restaurantes, fotógrafa, audaz jardinera, que había sido amada por el ministro de Asuntos Exteriores y era aún capaz de dar una voltereta lateral a la edad de cuarenta y seis años... La rapidez de su descenso a la locura y el dolor llegó a ser la comidilla del momento: su pérdida de control de las funciones fisiológicas y, con ella, de todo sentido del humor, y su gradual caída en una vaguedad jalonada de episodios de ahogados gritos y vana violencia.

Ahora, la visión de George saliendo de la capilla hizo que los amantes de Molly se alejaran aún más por el sendero de grava plagado de malas hierbas. Se adentraron en una zona de ovales parterres de rosas, presididos por un letrero que rezaba: «El Jardín de la Remembranza». Cada una de las plantas había sido salvajemente podada hasta escasos centímetros de la tierra helada, una práctica que Molly solía deplorar. El retazo de césped estaba lleno de colillas aplastadas, pues se trataba de un lugar donde la gente solía demorarse a la espera de que deudos y amigos del difunto salieran del edificio principal. Mientras iban y venían por el sendero los dos viejos amigos reanudaron la conversación que, de formas diversas, habían mantenido en el pasado media docena de veces y que les procuraba harto más consuelo que entonar el himno de la nostalgia.

Clive Linley había sido el primero de los dos en conocer a Molly. Su amistad se remontaba al 68, cuando siendo estudiantes habían convivido con un caótico y cambiante grupo juvenil en el Valle de la Salud.

–Una forma horrible de morir.

Contempló cómo el vaho de su aliento se perdía en el aire gris. La temperatura, en el centro de Londres, era aquel día –11°. Once grados bajo cero. Había algo gravemente erróneo en el mundo cuya culpa no podía atribuirse a Dios ni a su ausencia. La primera desobediencia del hombre, la Caída, una figura que se desploma, un oboe, nueve notas, diez notas. Clive poseía el don del oído perfecto, y podía oír aquellas notas descendiendo desde el *sol*. No necesitaba ponerlas por escrito.

Continuó:

—Me refiero a morirse de ese modo, sin conciencia, como un animal. Verse sometida, humillada, antes de poder arreglar sus cosas, o incluso de decir adiós. Le sobrevino así, sin más..., y luego...

Se encogió de hombros. Estaban llegando al borde del hollado césped. Se dieron la vuelta y volvieron sobre sus pasos.

—Seguro que habría preferido matarse antes que acabar así —dijo Vernon Halliday. Había vivido con Molly un año en París, en el 74, cuando él trabajaba para Reuters (su primer empleo) y Molly hacía algunas cosas para *Vogue*.

—Cerebralmente muerta y en las garras de George —dijo Clive.

George, el triste y rico editor que la adoraba y a quien, para sorpresa de todos, Molly no había dejado nunca, pese a tratarlo a baqueta. Miraron hacia la capilla: George, de pie ante la entrada, recibía el pésame de los asistentes a la ceremonia. La muerte de Molly lo había rescatado del desprecio general. Incluso parecía haber crecido unos centímetros; su espalda se había enderezado, su voz se había hecho más grave y una nueva dignidad había encogido un tanto sus ojos suplicantes, codiciosos. Cuando la enfermedad se cebó en ella, George se había negado a internarla en una residencia, y la había cuidado personalmente. Es más: en los primeros días, cuando la gente aún seguía queriendo verla, seleccionaba cuidadosamente a los visitantes. A Clive y Vernon se les «racionaban» estrictamente las visitas, pues al parecer Molly se excitaba en demasía, y luego, al verse en tal estado, caía en una depresión profunda. Otro varón «clave», el ministro de Asuntos Exteriores, era también considerado «no grato». La gente empezó a murmurar; en un par de columnas de cotilleo aparecieron algunas referencias implícitas. Y luego ya no importó, porque fue de dominio público que Molly ya no era –y de un modo terrible– ella misma. La gente ya no quería ir a verla, y era un alivio que George estuviera allí para impedir que fueran a visitarla. Pero Clive y Vernon, que le detestaban, disfrutaban contrariándolo.

Volvieron a dar la espalda a la capilla, y entonces sonó un teléfono en el bolsillo de Vernon. Éste se excusó y se apartó hacia un lado, dejando que su amigo continuara caminando. Clive se estrechó el abrigo en torno al cuerpo, e hizo más lento su paso. Debía de haber unas doscientas personas vestidas de negro fuera del crematorio. Pronto empezaría a parecer descortés no acercarse a George a darle el pésame. Había «conseguido» a Molly al fin, cuando ésta ya no pudo ni reconocer su propia cara en el espejo. Nada podía hacer respecto a sus pasadas aventuras amorosas, pero al final era enteramente suya. Clive estaba perdiendo la sensibilidad en los pies, y al golpear con ellos el suelo el ritmo le devolvió la figura que se desploma y sus diez notas, *ritardando*, un corno inglés, y, alzándose suavemente contra él, en contrapunto, como en una imagen especular, unos chelos. Y en esa imagen, el rostro de Molly. El final. Todo lo que ahora deseaba era la calidez, el silencio de su estudio, el piano, la partitura inconclusa, llegar al final. Oyó que Vernon decía al despedirse:

–Muy bien. Reescribe el artículo y pásalo a la página cuatro. Estaré allí en un par de horas. –Luego se volvió y le dijo a Clive–: Jodidos israelíes... Tendríamos que volver al grupo.

–Supongo que sí.

Pero en lugar de volver dieron otro paseo por el césped, porque a fin de cuentas estaban allí para enterrar a Molly.

Con un visible esfuerzo de concentración, Vernon logró aislarse de las preocupaciones de su trabajo.

—Era una chica encantadora. ¿Te acuerdas de la mesa de billar?

En 1978 un grupo de amigos alquilaron un caserón en Escocia para pasar las Navidades. Molly y el hombre con quien salía entonces —un *Queen's Counsel*[1] llamado Brady— escenificaron un «número» de Adán y Eva encima de una arrumbada mesa de billar; él en calzoncillos y ella en bragas y sostén, con un soporte para tacos a modo de serpiente y una bola roja a modo de manzana. La historia que había trascendido, sin embargo, la que había aparecido en una nota necrológica y era recordada por todos —incluso por algunos que habían presenciado realmente el episodio—, era que Molly, «una Nochebuena, en un castillo escocés, había bailado desnuda sobre una mesa de billar».

—Una chica encantadora —repitió Clive.

Recordaba cómo Molly le había mirado a los ojos mientras simulaba morder la manzana, cómo le había sonreído procazmente mientras hacía como si masticara, con una mano en la cadera proyectada exageradamente hacia fuera, como parodiando a una puta de *music-hall*. Clive lo interpretó como una señal —el modo en que ella mantuvo fijamente la mirada—, y, en efecto, volvieron el uno con el otro aquel abril. Ella se mudó a su estudio, en South Kensington, y se quedó todo el verano. Fue más o menos la época en que la columna gastronómica de Molly empezaba a acreditarse (incluso fue a la televisión a acusar a la

---

1. Título de asesor de la Corona otorgado a ciertos abogados de prestigio. *(N. del T.)*

17

guía Michelin de no ser sino el «*kitsch* de la cocina»). También él, por aquel tiempo, tuvo su primera oportunidad –*Variaciones orquestales*– en el Festival Hall. Era, pues, la segunda vez que estaban juntos. Ella, probablemente, no había cambiado. Pero él sí. En los diez años transcurridos había aprendido lo bastante como para permitir que ella le enseñara algunas cosas. Él siempre había pecado de exceso de vehemencia. Ella le enseñó el sigilo sexual, la esporádica necesidad de la calma. Quédate así, quieto, mírame, mírame *de verdad*. Somos una bomba de relojería. Él tenía casi treinta años (su desarrollo había sido tardío, según las pautas actuales). Cuando ella encontró un sitio donde vivir y se puso a hacer las maletas, Clive le pidió que se casara con él. Ella le besó, y le citó al oído: *Se casó con ella para evitar su partida. / Hoy la tiene delante todo el santo día.* Y tenía razón, porque cuando Molly se marchó él se sintió más feliz que nunca al quedarse solo, y escribió *Tres cantos de otoño* en menos de un mes.

–¿Llegaste a aprender algo de ella? –le preguntó de pronto Clive.

A mediados de la década de los ochenta, durante unas vacaciones en una finca de Umbría, Vernon tuvo también un segundo *affaire* con ella. A la sazón era corresponsal en Roma del diario que ahora dirigía, y estaba casado.

–Nunca puedo recordar el sexo –dijo al cabo de una pausa–. Seguro que era estupendo. Pero la recuerdo enseñándome todos los secretos de las setas *boletus*: cómo cogerlas, cómo cocinarlas...

Clive lo tomó como una evasiva, y decidió que él tampoco le haría confidencias. Miró hacia la entrada de la capilla. Tenían que volver. Se sorprendió diciendo con absoluta brusquedad:

–¿Sabes? Tendría que haberme casado con ella. Cuan-

18

do empezó a caer por la pendiente la habría matado con una almohada, o algo parecido... Y la habría librado de la compasión general.

Vernon reía mientras conducía a su amigo fuera del Jardín de la Remembranza.

–Se dice fácil... Te veo escribiendo esa especie de himnos que los presos cantan en el patio, como esa..., ¿cómo se llama? La sufragista...

–Ethel Smyth. Yo haría cosas muchísimo mejores.

Los amigos y conocidos de Molly habrían preferido sin duda no tener que asistir a una incineración, pero George había dejado claro que no iba a haber ningún funeral. No tenía el menor deseo de oír cómo tres antiguos amantes de Molly exponían públicamente sus reflexiones al respecto desde el púlpito de Saint Martin's o Saint James's, o intercambiaban miradas mientras él pronunciaba su discurso. Al acercarse, Clive y Vernon empezaron a oír el confuso parloteo habitual en todo cóctel. No había bandejas con copas de champaña, ni paredes de restaurante que devolvieran el sonido, pero, si hacían abstracción de ello, bien podían encontrarse en la inauguración de alguna exposición o en algún lanzamiento mediático. Tantas caras que Clive no había visto nunca a la luz del día... Caras de aspecto horrible, como de cadáveres que se irguieran de un brinco para dar la bienvenida a los recién muertos. Vigorizado por esta inyección de misantropía, se abrió paso con brío entre el confuso murmullo, hizo caso omiso al oír que le llamaban por su nombre, retiró el codo cuando se lo asían y siguió andando hacia donde George hablaba con dos mujeres y un viejo con sombrero de fieltro y bastón.

–Hace demasiado frío, tenemos que irnos –oyó que alguien decía en voz muy alta. Pero de momento, al parecer, nadie podía escapar a la fuerza centrípeta del evento.

19

Había perdido de vista a Vernon, que había sido requerido por el dueño de una cadena de televisión.

Al fin Clive estrechaba la mano de George en un razonable despliegue de sinceridad.

—Ha sido una ceremonia espléndida.

—Muy amable de tu parte al haber venido.

La muerte de Molly lo había ennoblecido. La gravedad apacible no era en absoluto su estilo, que siempre había sido menesteroso y adusto, ávido de gustar pero incapaz de ejercer con naturalidad la simpatía. Una pesada carga de los inmensamente ricos.

—Permíteme... —añadió—. Te presento a las hermanas Finch, Vera y Mini. Conocieron a Molly en sus tiempos de Boston. Éste es Clive Linley.

Se estrecharon la mano.

—¿Es usted el compositor? —le preguntó Vera o Mini.

—Sí.

—Es un gran honor, señor Linley. Mi nieta de once años estudió su sonatina para su examen de violín, y le encantó.

—Es un placer oírlo.

El pensamiento de unos niños interpretando su música le hizo sentirse ligeramente deprimido.

—Y, también de los Estados Unidos —dijo George—, te presento a Hart Pullman.

—Hart Pullman... Por fin. Puse sus poemas de *Furia* en música de jazz, ¿se acuerda?

Pullman era un poeta *beat*, el último superviviente de la generación de Kerouac. Menudo y ajado y con aire de lagarto, torció el cuello con dificultad para alzar la cabeza hacia Clive.

—Hoy ya no recuerdo nada. Ni un jodido recuerdo... —dijo en tono afable, con una voz aguda y vivaracha—. Pero si usted lo dice, será verdad.

–Pero se acuerda de Molly, al parecer... –dijo Clive.

–¿De quién? –Pullman adoptó un semblante grave durante un par de segundos; luego rió socarronamente y agarró el antebrazo de Clive con dedos delgados y blancos–. Oh, sí, claro –dijo con su voz de Bugs Bunny–. Molly y yo nos conocimos en el 65, en el East Village. Me acuerdo de Molly, cómo no voy a acordarme... ¡Ah, amigo mío!

Clive ocultó su desasosiego mientras calculaba. Molly habría cumplido dieciséis años en junio de aquel año. ¿Por qué no había mencionado nunca aquel viaje? Trató de sonsacar al viejo en tono neutro:

–Fue a pasar el verano, supongo.

–No, no. Vino a mi fiesta de Noche de Reyes. Qué chica, ¿eh, George?

Sexo con una menor, entonces. Tres años antes de que él entrara en escena. Molly jamás le había hablado de Hart Pullman. ¿Había asistido ella al estreno de *Furia*? ¿Había ido luego al restaurante? No podía acordarse. Ni un jodido recuerdo al respecto...

George les había dado la espalda para hablar con las hermanas norteamericanas. Decidiendo que no tenía nada que perder, Clive ahuecó la mano en torno a la boca y se inclinó hacia Pullman para decirle al oído:

–Nunca te la follaste, saurio embustero. Molly jamás habría caído tan bajo.

No era su intención marcharse en este punto, porque quería oír la réplica de Pullman, pero en aquel preciso instante terciaron desde derecha e izquierda dos ruidosos grupitos –uno para presentar sus respetos a George y el otro para honrar al poeta eximio–, y Clive, en medio de un remolino de cambios de emplazamiento, se encontró otra vez solo y alejándose del grupo. Hart Pullman y Molly adolescente. Asqueado, volvió a abrirse paso entre la gente y llegó a un pequeño claro, y se quedó allí de pie, felizmente ignorado, mirando a su alrededor a amigos y conocidos absortos en sus charlas. Se sentía el único entre todos ellos que de verdad echaba de menos a Molly. Si se hubiera casado con ella, tal vez habría sido peor que George; tal vez ni habría tolerado siquiera aquella reunión en su nombre. Ni su indefensión. Se habría echado sobre la palma treinta pastillas para dormir de la botellita oblonga y parda de plástico. Luego la mano y el mortero, y un vaso largo de whisky. Tres cucharadas de una sustancia blanca amarillenta. Ella le habría mirado al tomarlo, como si lo supiera. Le habría puesto la mano izquierda bajo la barbilla para recoger lo que se le fuera deslizando de la boca. Y la habría tenido abrazada mientras dormía, y luego la noche entera.

Nadie más la echaba en falta. Miró a su alrededor: muchos de los asistentes tenían más o menos su edad (la de él, la de Molly). Cuán prósperos, cuán influyentes, cómo habían medrado con aquel gobierno que antes habían despreciado durante casi diecisiete años. *He ahí a tu generación.* Tanta energía, tanta suerte... Alimentados en la posguerra a los pechos del Estado, y luego sostenidos por la inocua, vacilante prosperidad de sus progenitores, se habían hecho hombres y mujeres en el pleno empleo, en las nuevas universidades, en los luminosos libros de bolsillo, en la era augusta del *rock and roll,* de los ideales realizables. Cuando la escalera se había hundido a su espalda, ellos ya estaban a salvo, ellos ya se habían asentado, ellos ya se habían establecido y ya habían dado forma a esto y aquello: el gusto, la opinión, la riqueza...

Oyó que una mujer gritaba en tono alegre:

—¡No siento las manos ni los pies, así que me voy!

Al volverse, Clive vio a un joven que, a su espalda, estaba a punto de tocarle el hombro. De unos veintitantos años, calvo (o rapado), con traje gris, sin abrigo.

–Señor Linley, siento inmiscuirme en sus pensamientos –dijo el joven, retirando la mano.

Clive dio por sentado que era un músico, o alguien que quería pedirle un autógrafo, y su cara adoptó la viva estampa de la paciencia.

–No se preocupe.

–Me preguntaba si tendría tiempo para venir a charlar un momento con el ministro de Asuntos Exteriores. Tiene muchas ganas de conocerle.

Clive frunció los labios. No tenía el menor deseo de que le presentaran a Julian Garmony, pero tampoco quería caer en el extremo de desairarle. No había escapatoria.

–Guíeme –dijo, y el joven le condujo a través de los diversos grupos de amigos y conocidos (algunos de los cuales adivinaron adónde se dirigía y trataron de atraerlo al grupo para librarlo de su guía).

–Eh, Linley. ¡No hables con el enemigo!

El enemigo, ciertamente. ¿Qué es lo que la había atraído de él? Era un tipo físicamente extraño: cabeza grande, pelo negro ondulado (todo suyo, sin postizos ni trasplantes), extrema palidez, labios finos, carentes de toda sensualidad. Se había hecho un hueco en la política merced a una nada excepcional panoplia de opiniones xenófobas y punitivas. La explicación de Vernon al interrogante de su atractivo había sido siempre bien sencilla: los bastardos de alto rango eran muy calientes en la cama. Pero eso lo podría haber encontrado Molly en cualquier otro. También debió de influir el talento oculto que lo había aupado hasta donde estaba, y que ahora incluso lo empujaba a disputarle el puesto al primer ministro.

El ayudante dejó a Clive en un grupo que rodeaba al ministro casi por completo. Garmony pronunciaba unas palabras o contaba alguna anécdota. Al ver a Clive interrumpió su parlamento, alargó la mano hacia él y le susurró en tono intenso, como si estuvieran solos:

–Llevo años queriendo conocerle.

–Mucho gusto.

Garmony volvió a hablar para su auditorio, en el que había dos hombres jóvenes con el aire agradable y abiertamente poco honrado de quienes habitualmente aparecen en las columnas de actualidad. El ministro estaba actuando, y Clive le servía de puntal:

–Mi mujer se sabe de memoria unas cuantas piezas suyas.

Una vez más... Clive se preguntó: ¿era un compositor tan manso y domesticado como algunos de sus críticos más jóvenes afirmaban? ¿Era algo así como el Gorecki del «hombre pensante»?

–Debe de ser buena –dijo.

Había pasado ya algún tiempo desde la última vez que había observado a un político de cerca, y lo que había olvidado era el movimiento de los ojos, el incesante rastreo de las nuevas captaciones y defecciones, o de la proximidad de algún personaje de mayor rango, o de cualquier otra oportunidad interesante que pudiera presentársele.

Ahora Garmony miraba a su alrededor, asegurándose a su auditorio.

–Era muy buena. Primero Goldsmith's, luego el Guildhall. Tenía una fabulosa carrera por delante... –Hizo una pausa en busca de un efecto humorístico–. Y entonces se encontró conmigo y eligió medicina.

Sólo su ayudante y otro miembro de su séquito, una mujer, rieron con risita ahogada. Los periodistas no se inmutaron. Quizá ya conocían el jocoso comentario.

Los ojos del ministro de Asuntos Exteriores habían vuelto a fijarse en Clive.

–Y otra cosa. Quería felicitarle por la adjudicación de

ese encargo. La *Sinfonía del Milenio*. ¿Sabe que la decisión hubo de tomarse en consejo de ministros?

—Eso oí. Y que usted votó por mí.

Clive había conferido a su respuesta un tono como de cansancio, pero Garmony reaccionó como si acabaran de darle las más efusivas gracias.

—Era lo menos que podía hacer. Algunos de mis colegas se decantaron por esa estrella pop, el ex Beatle. En fin, ¿cómo va la cosa? ¿Casi terminada?

—Casi.

Clive tenía entumecidas las extremidades desde hacía media hora, pero era ahora cuando el frío había conseguido apoderarse de su tronco. En la calidez de su estudio estaría en mangas de camisa, trabajando en las páginas finales de la sinfonía, cuyo estreno habría de tener lugar unas semanas después. Había agotado ya dos plazos de entrega, y ansiaba verse de nuevo en casa.

Tendió la mano a Garmony.

—Encantado de conocerle. Me temo que tengo que irme.

Pero el ministro no aceptaba su mano, y hablaba como volcado en él, pues al parecer aún quería obtener algo de la presencia de aquel compositor famoso.

—¿Sabe? A menudo he pensado que es la libertad de que disfrutan los artistas como usted para llevar a cabo su trabajo lo que hace que el mío merezca la pena...

Siguió en el mismo tono unos instantes, mientras Clive mantenía la mirada fija, sin permitir que su creciente desagrado asomara a su semblante. Garmony también pertenecía a su generación. El alto cargo que ocupaba había erosionado su capacidad de hablar de tú a tú con los desconocidos. Acaso era eso lo que le ofrecía a Molly en la cama: la emoción de lo impersonal. Un hombre que se mueve ante los espejos. Pero sin duda Molly prefería el calor emocional. Quédate así, quieto, mírame, mírame *de verdad*... Acaso no había sido más que un error. Lo de Molly y Garmony. En cualquier caso, a Clive la idea se le antojaba ahora insoportable.

El ministro de Asuntos Exteriores llegó a una conclusión:

—Son las tradiciones las que hacen de nosotros lo que somos.

—Me estaba preguntando —dijo Clive al ex amante de Molly— si está usted a favor de la horca.

Garmony era perfectamente capaz de hacer frente a aquel sesgo inesperado, pero sus ojos se endurecieron.

—Creo que la mayoría de la gente conoce mi posición al respecto. Entretanto, me complace aceptar el punto de vista del Parlamento y la responsabilidad colectiva del gabinete.

Se había puesto en guardia, y empezaba a desplegar su encanto. Los dos periodistas se acercaron unos pasos con sus cuadernos en ristre.

—Usted dijo en un discurso que Nelson Mandela merecía ser colgado.

Garmony, que debía visitar Sudáfrica el mes siguiente, sonrió con calma. El discurso en cuestión había sido sacado a la luz recientemente —y de forma bastante insidiosa— por el diario de Vernon.

—No creo que sea razonable ligar a las personas a cosas que dijeron cuando eran unos universitarios exaltados. —Hizo una pausa para reír entre dientes—. Hace casi treinta años. Apuesto a que usted también dijo o pensó cosas horribles en el pasado.

—Sí, por supuesto —dijo Clive—. Y me refiero a eso, precisamente. Si se hubiera hecho entonces lo que usted postulaba, hoy no habría muchas posibilidades de cambiar las cosas.

Garmony inclinó la cabeza brevemente en señal de reconocimiento.

–Una observación muy justa. Pero en el mundo real, señor Linley, ningún sistema judicial se halla libre de error humano.

Entonces el ministro de Asuntos Exteriores hizo algo extraordinario que echaba por tierra por completo la teoría de Clive sobre los efectos de los cargos públicos en quienes los desempeñaban, y que luego, retrospectivamente, se vería obligado a admirar. Garmony alargó una mano y, con el índice y el pulgar, agarró a Clive por la solapa del abrigo y, atrayéndolo hacia sí, le dijo con voz que nadie más que él pudo oír:

–La última vez que vi a Molly me dijo que eras impotente. Que siempre lo fuiste.

–Qué tontería. Jamás te dijo eso.

–Te ves obligado a negarlo, por supuesto. La cuestión es la siguiente: podemos discutir el asunto aquí mismo, ante todos estos caballeros, o puedes largarte con viento fresco después de despedirte cortésmente. O dicho de otro modo: vete a tomar por el culo.

La comunicación fue rápida y apremiante, y en cuanto terminó Garmony volvió a erguirse, y, radiante, le dio un fuerte apretón de manos a Clive y llamó a su ayudante para decirle:

–El señor Linley ha tenido la amabilidad de aceptarme una invitación a cenar.

Esto último era quizá una contraseña entre ambos, porque el joven se adelantó con prontitud y condujo a Clive fuera del semicírculo mientras Garmony le daba la espalda y decía a los periodistas:

–Un gran hombre, Clive Linley. Airear las diferencias y seguir siendo amigos... La esencia de la vida civilizada, ¿no creen?

2

Una hora después, el coche de Vernon (absurdamente pequeño para necesitar un chófer) dejaba a Clive en South Kensington. Vernon se bajó para despedirse.

–Una ceremonia horrible.

–Ni una mísera copa.

–Pobre Molly.

Clive entró en casa y se quedó unos instantes en el recibidor, embebiéndose del calor de los radiadores y del silencio. Una nota del ama de llaves le comunicaba que había un termo de café en el estudio. Sin quitarse el abrigo, subió hasta allí, cogió un lápiz y una hoja de papel pautado, se apoyó sobre el piano de cola y escribió las diez notas decrecientes. Se quedó junto a la ventana, mirando fijamente la página e imaginando los chelos de contrapunto. Había muchos días en que el encargo de escribir una sinfonía para el milenio se le antojaba algo doloroso y absurdo: una intromisión burocrática en su independencia creativa; la duda respecto a dónde exactamente debería Giulio Bo, el gran director de orquesta italiano, ensayar con la British Symphony Orchestra; la irritación leve pero constante causada por la persecución sobreexcitada u hostil de la prensa; el hecho de haber incumplido ya dos plazos de entrega (todavía faltaban varios años para el milenio)... Había también días como aquél, en que no pensaba sino en la música misma y se le hacía difícil estar fuera de casa. Con la mano izquierda aún entumecida por el frío en el bolsillo del abrigo, se sentó al piano y tocó el pasaje tal como lo había escrito: lento, cromático, rítmicamente «travieso». En él, de hecho, había dos tiempos. Luego, siempre con la mano derecha y despaciosamente, a media velocidad, improvisó la línea ascendente de los chelos, y la interpretó varias veces, con variaciones, hasta que se sintió satisfecho. Escribió el nuevo pasaje, que se inscribía en lo más alto de la gama de los chelos y habría de sonar como un furioso arrebato de energía contenida. Energía que luego, en la parte final de la sinfonía, sería liberada y daría paso al júbilo.

Dejó el piano y se sirvió un café, que tomó en el sitio de siempre, al lado de la ventana. Las tres y media, y ya había oscurecido lo bastante como para encender las luces. Molly era cenizas. Trabajaría toda la noche y dormiría hasta la hora del almuerzo. En realidad no había mucho más que hacer. Haz algo, y muere. Cuando terminó el café volvió a cruzar el estudio y se quedó de pie junto al piano, inclinado sobre el teclado, sin quitarse el abrigo, a la exhausta luz de la tarde, mientras tocaba con ambas manos las notas que acababa de escribir. Era casi perfecto, casi verdad. Sugerían un desnudo anhelo de algo fuera de alcance. Alguien. Era en momentos como éste cuando solía telefonear a Molly para pedirle que viniera, cuando se sentía demasiado inquieto para sentarse al piano durante mucho tiempo, demasiado excitado por nuevas ideas para poder estar tranquilo. Si estaba libre, Molly iba a su casa y hacía té, o preparaba combinados exóticos, y se sentaba en aquel viejo y gastado sillón del rincón del estudio. Hablaban, o ella le pedía que tocara algo, y se quedaba escuchando con los ojos cerrados. Sus gustos eran sorprendentemente austeros para alguien tan amante de las fiestas. Bach, Stravinski, muy de cuando en cuando Mozart. Pero para entonces ya no era una jovencita, ni su amante. Eran camaradas, demasiado irónicos el uno con el otro como para sentir pasión; y les gustaba sentirse libres para poder hablar con franqueza de sus asuntos amorosos. Molly era como una hermana, y juzgaba a sus mujeres con mucha más generosidad de la que él mostraría jamás respecto a sus hombres. Otras veces hablaban de música o de comida. Ahora ella era fina ceniza en una urna de alabastro que George conservaría en lo alto del armario de su cuarto.

Por fin entró en calor, aunque seguía sintiendo un hormigueo en la mano izquierda. Se quitó el abrigo y lo tiró sobre el sillón de Molly. Antes de volver al piano, recorrió las habitaciones y fue encendiendo las luces. Durante más de dos horas hizo pequeños arreglos a las partes de chelo, e incorporó nueva orquestación, sin reparar en la oscuridad del exterior ni en las amortiguadas y discordantes notas de pedal de la hora punta vespertina. Era sólo un pasaje-puente hacia el final, y lo que le fascinaba era la promesa, la aspiración —la imaginaba como una larga y vieja escalinata que fuera perdiéndose de vista hacia lo alto—, el anhelo de ascender y ascender y finalmente llegar, mediante un giro expansivo, a un tono lejano, remoto, y luego, con briznas de sonido que fueran disipándose como niebla que se desvanece, a un tema final, a un canto de adiós, a una melodía reconocible de punzante belleza que trascendiera su calidad de ajena a las modas y diera la sensación, a un tiempo, de duelo por el siglo que quedaba atrás, con su crueldad sin sentido, y de celebración de su brillante inventiva. Mucho después de que la exaltación del estreno hubiera cesado, mucho después de que las celebraciones del milenio, los fuegos artificiales y los análisis y las historias «envasadas» acerca de él hubieran quedado atrás, aquella melodía irresistible perduraría como la elegía de nuestro siglo muerto.

Y no se trataba sólo de un sueño de Clive: era también el anhelo del comité adjudicador del encargo al elegir a un compositor capaz de plasmar tal tránsito ascendente en una suerte de metáfora de peldaños antiguos y labrados en piedra. Hasta sus seguidores incondicionales, al menos en los años setenta, le calificaban de «archiconservador», mientras sus críticos preferían tacharle lisa y llanamente de «atavismo». Aunque todos convenían en que –con la ayuda de Schubert y McCartney– Linley era capaz de componer una melodía. La obra había sido encargada con la suficiente antelación como para que pudiera ir «infiltrándose» gradualmente en la conciencia de la gente; por ejemplo, se le había sugerido a Clive la posibilidad de que uno de sus pasajes de viento –que había de ser «ruidoso» y redundante– pudiera convertirse en sintonía del principal telediario de la noche. El comité, calificado por el *establishment* musical de «medianamente cultivado», anhelaba sobre todo una sinfonía de la que al menos pudiera entresacarse una melodía, un himno, una elegía en honor del recién concluido y vilipendiado siglo que pudiera incorporarse a los actos oficiales, al modo en que lo había sido «Nessun dorma» en cierto torneo de fútbol. Sería, pues, utilizada para tal celebración y luego liberada para correr su propia suerte y vivir una vida independiente en el corazón de las gentes durante el tercer milenio.

Para Clive Linley la cuestión era sencilla. Se consideraba a sí mismo heredero de Vaughan Williams, y juzgaba fuera de lugar la utilización de términos tales como «conservador» en aquel ámbito, pues no eran sino préstamos erróneos del vocabulario de la política. Además, durante la década de los setenta, cuando él empezaba a ser conocido, la música atonal y aleatoria, la secuencia tonal, la electrónica, la desintegración del tono en el sonido –todo el proyecto modernista, de hecho– se habían convertido en la ortodoxia enseñada en las escuelas. Sin duda eran los defensores de este canon, y no él, los reaccionarios. En 1975 había publicado un libro de un centenar de páginas que, como todo buen manifiesto, era a un tiempo un ataque y una apología. La vieja guardia del modernismo había encerrado a la música en la mazmorra de la academia, donde había sido celosamente profesionalizada, aislada y convertida en estéril, una vez arrogantemente roto el pacto vital que la ligaba al gran público. Clive ofrecía una sardónica reseña de un «concierto» subvencionado con fondos públicos en un salón parroquial casi vacío, donde las patas del piano habían sido golpeadas durante más de una hora por el mástil roto de un violín. En el programa se explicaba, con referencias al Holocausto, por qué en aquel estadio de la historia europea no era viable un tipo de música distinta. En las pequeñas mentes de los fanáticos, insistía Clive, cualquier forma de éxito, por limitado que fuera, cualquier estima pública por cualquier tipo de cosa, era prueba inequívoca de componenda estética y de fracaso. Cuando las historias de la música del siglo XX en Occidente fueran definitivamente elaboradas, el éxito se atribuiría al blues, al jazz, al rock y a las tradiciones en constante evolución de las músicas populares. Tales formas demostraban sobradamente que la melodía, la armonía y el ritmo no eran incompatibles con la innovación. En la música que podría denominarse artística, sólo a la primera mitad del siglo se le atribuiría una importancia relevante, y apenas se salvarían de la mediocridad unos cuantos compositores, entre los que Clive no incluiría al último Schoenberg ni a músicos «por el estilo».

Hasta aquí el ataque. La apología tomaba prestada, distorsionándola, la ajada divisa del Eclesiastés: era hora de rescatar la música de manos de los comisarios; era hora de reafirmar la naturaleza esencialmente comunicativa de la música, ya que, en Europa, había sido forjada en una tradición humanista que había reconocido siempre el enigma de la naturaleza humana; era hora de aceptar que una representación pública era una «comunión secular»; y era hora de reconocer la primacía del ritmo y el tono y la naturaleza elemental de la melodía. Para que esto tuviera lugar sin que nos limitáramos a repetir la música del pasado, era necesario que elaboráramos una definición contemporánea de la belleza, lo cual, a su vez, no era posible sin aprehender una «verdad fundamental». En este punto Clive se basaba osadamente en ciertos ensayos inéditos y altamente especulativos de un colega de Noam Chomsky, que había tenido ocasión de leer estando de vacaciones en la casa del autor en Cape Cod: nuestra capacidad para «leer» ritmos, melodías y armonías gratas, al igual que la capacidad exclusivamente humana para aprender el lenguaje, nos era dada genéticamente. Según habían comprobado los antropólogos, el ritmo, la melodía y la armonía existían en todas las culturas musicales del planeta. Nuestro oído para la armonía era un elemento «integrado». (Más aún: sin la existencia de un contexto armónico, la discordancia –o ausencia de armonía– carecía de sentido, no era en absoluto interesante.) La comprensión de una línea de una melodía era un acto mental complejo, pero podía realizarlo incluso un niño de corta edad; nacíamos dentro de una herencia, pertenecíamos a la especie del *Homo musicus*. Definir la belleza de la música debía entrañar por tanto una definición de la naturaleza humana, lo cual nos hacía volver de nuevo a las humanidades y a la esencia comunicativa de la especie.

La publicación de *Recordar la belleza*, de Clive Linley, se hizo coincidir con el estreno en el Wigmore Hall de su *Der-*

viches sinfónicos para virtuoso de cuerda, obra de tal brillantez polifónica en cascada, quebrada por tal hipnótico lamento, que fue odiada y amada en igual medida, lo que afianzó la reputación de su autor e impulsó la difusión de su libro.

Consideraciones creativas aparte, la elaboración de una sinfonía es físicamente ardua. Cada segundo de ella implica la escritura, nota a nota, de las partes de hasta dos docenas de instrumentos, y una primera ejecución, y la realización de ajustes en la partitura, y nuevas ejecuciones y reescrituras, para al cabo sentarse en silencio, escuchando cómo el oído interno sintetiza y orquesta el despliegue vertical de anotaciones y tachaduras; y otra vez las correcciones hasta que los compases lleguen a sucederse como es debido, y otra vez la interpretación al piano del resultado. A medianoche Clive había desarrollado y escrito todo el pasaje ascendente, y acometía el gran paréntesis orquestal que precedería al cambio de tono. A las cuatro de la madrugada había compuesto las partes más importantes, y sabía exactamente cómo iba a funcionar la modulación, cómo la niebla acabaría por disiparse.

Se levantó del piano, exhausto, satisfecho con sus progresos, pero un tanto aprensivo: había llevado aquella ingente «maquinaria de sonido» hasta un punto en el que se hacía ya factible la escritura del final, pero tan sólo podría llevarla a cabo merced a la inspirada invención de una melodía final, en su forma más sencilla y prístina, plasmada escuetamente por un solo de viento, o tal vez por los primeros violines. Había llegado al «corazón» de la obra, y sintió un gran peso sobre sus espaldas. Apagó las luces y bajó a su cuarto. No tenía ni el menor boceto de partida, ni un ápice de una idea, ni siquiera un barrunto, y no iba a conseguirlo por mucho que se sentara al piano y frunciera el ceño con insistencia. Llegaría a su debido tiempo. Sabía por experiencia que lo mejor que podía hacer era re-

34

lajarse, distanciarse un tanto, sin dejar de permanecer atento, receptivo. Tendría que dar un largo paseo por el campo, o incluso una larga serie de ellos. Necesitaba montañas, vastos cielos. El Distrito de los Lagos, quizá. Las mejores ideas solían llegarle por sorpresa, al término de una caminata de treinta kilómetros, cuando su mente se hallaba «en otra parte».

En la cama al fin, tendido boca arriba en la total negrura, aún tenso y vibrante por el esfuerzo mental, empezó a ver unos irregulares bastoncillos de colores primarios que le surcaban la retina, que se doblaban y retorcían hasta estallar en briznas de luz. Tenía los pies helados, y los brazos y el pecho ardientes. La inquietud por el trabajo se había transmutado en el «sonido» más elemental de un mero miedo nocturno: la enfermedad y la muerte, abstracciones que pronto convergieron en la sensación que seguía teniendo en la mano izquierda. La tenía fría y rígida, y como con un hormigueo, como si hubiera estado sentado sobre ella mucho tiempo. Se dio un masaje con la mano derecha, y luego se buscó el calor del vientre. ¿No era el tipo de sensación que Molly había experimentado al llamar a un taxi a la entrada del Dorchester Grill? Él no tenía compañera, ni esposa, ni ningún George que pudiera cuidar de él, lo cual era quizá una bendición. Pero ¿qué le esperaba, entonces? Se dio la vuelta hasta quedar sobre un costado, y se arropó cuanto pudo con las mantas. La residencia de ancianos, la televisión en la sala comunal, el bingo, los varones viejos con sus pitillos y sus orines y sus babas. No lo consentiría. A la mañana siguiente iría al médico. Pero era eso lo que Molly había hecho, y la habían enviado a hacerse análisis. Podían llevar a cabo el seguimiento de tu declive, pero no podían evitarlo. Lo mejor, pues, era mantenerse lejos de los médicos. Seguir tu propio declive, y cuando ya no te fuera posible trabajar, o

35

vivir con dignidad, *acabar* contigo mismo. Pero ¿cómo podría él evitar traspasar ese punto de no retorno al que había llegado Molly de forma tan vertiginosa, estando como estaría demasiado desvalido, demasiado desorientado, demasiado idiotizado para darse muerte?

¡Ridículos pensamientos! Se incorporó, buscó la lámpara de la mesilla y cogió de debajo de una revista las píldoras para dormir que normalmente procuraba no tomar. Cogió una, se recostó sobre las almohadas y se puso a masticarla despacio. Sin dejar de darse masajes en la mano izquierda, trató de consolarse con pensamientos sensatos. Había tenido la mano expuesta al frío demasiado tiempo, eso era todo. Amén del sumo cansancio. Su cometido en la vida era el trabajo, acabar aquella sinfonía mediante el hallazgo de una cima lírica. Lo que le había estado angustiando una hora antes era ahora su consuelo, y al cabo de diez minutos apagó la luz y se tendió sobre un costado. Siempre le quedaba el trabajo. Pasearía por el Distrito de los Lagos. Los nombres mágicos empezaban ya a hacer de lenitivo: Blea Rigg, High Stile, Pavey Ark, Swirl How. Pasearía por Langstrath Valley, cruzaría el arroyo y subiría hacía Scafell Pike, y regresaría a casa por Allen Crags. Conocía bien el camino. Marchando a buen paso por lo alto de la montaña recuperaría las energías, y vería las cosas con claridad.

Había bebido su «cicuta», ya no se veía asaltado por torturadoras fantasías. El solo pensamiento le sirvió de alivio, y, mucho antes de que la química alcanzara su cerebro, había encogido las piernas hacia el pecho y, ya liberado, se había quedado quieto. Hard Knott, Ill Bell, Cold Pike, Poor Crag, Pobre Molly...[1]

1. *Poor Crag:* el nombre de este último pico (literalmente «pobre risco») le trae a la mente a Molly; de ahí que, mecánicamente, continúe la lista con «Pobre Molly». *(N. del T.)*

36

II

1

Aquella mañana, durante un paréntesis de calma nada habitual en su jornada, a Vernon Halliday volvió a asaltarle el pensamiento de que tal vez no existía. Por espacio de treinta ininterrumpidos segundos, había estado sentado en su mesa palpándose suavemente la cabeza con las yemas de los dedos, sobremanera preocupado. Desde su llegada a *El Juez* dos horas antes, había hablado –por separado e intensamente– con cuarenta personas. Y no sólo hablado: en todos los casos salvo en dos había decidido, dado prioridad, delegado, elegido o brindado una opinión que sin duda había sido tomada por una orden. Pero tal ejercicio de autoridad no había agudizado su sentido de sí mismo, como solía sucederle normalmente; en lugar de ello, le había dejado una sensación de estar como inmensamente diluido, de no ser sino la suma de toda la gente que le había estado escuchando, y de que, una vez solo, no era nada en absoluto. Cuando, en soledad, intentaba acceder a un pensamiento, no encontraba a nadie que lo pensara. Su silla estaba vacía, y él se hallaba sutilmente disuelto por todo el edificio, desde la sección de Economía y Finanzas de la sexta planta –donde estaba a punto de intervenir para evitar el despido de una redactora con

39

muchos años en la casa y pésima ortografía– hasta el sótano, donde la asignación de plazas de aparcamiento había desencadenado una guerra abierta entre los periodistas de plantilla y llevado al borde de la dimisión a un subjefe de sección. La silla de Vernon estaba vacía porque él estaba en Jerusalén, en la Cámara de los Comunes, en Ciudad del Cabo, en Manila..., diseminado por el globo como polvo; estaba en la televisión y en la radio, almorzando con algún obispo, pronunciando un discurso en la industria del petróleo, dirigiendo un seminario para especialistas de la Unión Europea. En los fugaces momentos del día en que se quedaba solo, se apagaba una luz. Y la oscuridad que sobrevenía entonces no envolvía o importunaba a nadie en concreto. Vernon carecía incluso de la certidumbre de que tal ausencia fuera *la suya*.

Este sentido de «inexistencia» se había ido acrecentando desde la incineración de Molly. Se estaba convirtiendo en algo inherente a él. La noche anterior se había despertado junto a su mujer dormida y había tenido que tocarse la cara para asegurarse de que seguía siendo un ente físico.

Si Vernon hubiera llevado aparte en la cantina a algunos de sus redactores y les hubiera confiado lo que le pasaba, se habría llevado un buen susto ante su falta de sorpresa. Era notorio que era un hombre sin rasgos muy marcados, sin defectos ni virtudes, un hombre que no existía *totalmente*. Dentro de la profesión Vernon era considerado –y respetado– como un ser esencialmente anodino. En los mentideros periodísticos era célebre el prodigio –difícil de exagerar y a menudo narrado en las barras de los bares de la City– de cómo había llegado a director de *El Juez*. Años atrás había sido la gris y esforzada mano derecha de dos directores de talento sucesivos, y había mostrado unas dotes instintivas para no hacer ni amigos ni aliados. Cuando el corresponsal de Washington cayó enfermo, Vernon recibió la orden de sustituirle. Al tercer mes, en una cena ofrecida al embajador alemán, un congresista tomó a Vernon por un redactor del *Washington Post* y le pasó una información sobre un «desliz» presidencial: un implante capilar a costa de los impuestos de los contribuyentes. Y era algo comúnmente admitido que el «Calvo*gate*» –asunto que acaparó la atención de la política interior norteamericana durante casi una semana– había sido desvelado por Vernon Halliday, corresponsal de *El Juez*.

Entretanto, en Londres, un director sucedía a otro en el curso de las sangrientas batallas mantenidas contra un consejo de administración en exceso «entrometido». La vuelta a casa de Vernon coincidió con una súbita reestructuración de los intereses de los propietarios. La escena quedó sembrada de los miembros y torsos seccionados de los titanes defenestrados. Jack Mobey, la última apuesta del consejo de administración para dirigir el diario, había fracasado en su tarea y el venerable diario no lograba incrementar su cuota de mercado. No les quedaba nadie, pues, salvo Vernon.

Ahora, sentado en su escritorio, se friccionaba con cautela el cuero cabelludo. Últimamente había caído en la cuenta de que estaba aprendiendo a convivir con su inexistencia. No podía llorar mucho tiempo la muerte de algo –él mismo– que ya no podía recordar cabalmente. Todo ello le preocupaba, pero era una preocupación que apenas se remontaba a unos días atrás. Pero ahora estaba aquel síntoma físico. Lo percibía en toda la parte derecha de la cabeza, en el cráneo y –en cierto modo– en el cerebro, y era una sensación que no podía describirse con palabras. O podía también tratarse de la súbita interrupción de una sensación cuya constancia y familiaridad le habían impedido ser consciente de ella hasta entonces, como ese

41

sonido del que uno se percata sólo cuando cesa. Sabía exactamente cuándo había empezado a percibirla: la noche anterior, al levantarse de la cena. Siguió sintiéndola al despertar por la mañana: constante e indefinible, no era fría, ni tensa, ni etérea, aunque sí de una calidad intermedia entre éstas. Tal vez el adjetivo que mejor describía cómo sentía el lado derecho de la cabeza era *muerto*. Su hemisferio derecho había muerto. Había conocido a tanta gente ya muerta que en su estado actual de disociación pudo empezar a contemplar su propio fin como algo normal y corriente: el ajetreo del entierro o la incineración, la pena, que desaparecía al poco cuando la vida seguía su curso. Tal vez estaba ya muerto. O bien –se le ocurría ahora–, tal vez lo único que necesitara fuera darse un par de golpecitos en el lado derecho de la cabeza con un martillo no muy grande. Abrió el cajón de su escritorio. Había una regla de metal dejada por Mobey, cuarto director consecutivo que no había logrado invertir la tendencia descendente de la tirada de *El Juez*. Vernon Halliday estaba intentando no ser el quinto. Había ya levantado la regla unos diez centímetros por encima de su oreja derecha cuando tocaron en la puerta abierta y Jean, su secretaria, entró en el despacho y le obligó a convertir el golpe inminente en un «rascarse» meditabundo.

–El sumario. Veinte minutos.

Despegó una hoja y se la entregó. Dejó el resto sobre la mesa y salió del despacho.

Estudió la lista. En Internacional, Dibben escribía sobre «el triunfo de Garmony en Washington». Tendría que ser un artículo escéptico, u hostil. Y si realmente se trataba de un triunfo, podía muy bien no ir en primera plana. En la lista de Nacional figuraba, por fin, el artículo del redactor científico sobre una máquina antigravedad de una universidad de Gales. El asunto había despertado mucha expectación, y Vernon había pedido el artículo con ֽ tencia, soñando vagamente con algún pequeño artefactᴏ que uno se ataba al zapato o algo parecido. Resultó que el ingenio pesaba cuatro toneladas, requería nueve millones de voltios y además no funcionaba. Iría de todas formas en primera plana, a pie de página. En Nacional, asimismo, iba «Cuarteto para piano» (cuatrillizos nacidos de una concertista de piano). El subdirector, al alimón con los redactores de Reportajes y toda la sección de Nacional, le estaban presentando batalla a este respecto, y ocultaban su exceso de «remilgos» tras una pretensión de realismo. En los tiempos que corrían, cuatro no eran suficientes –argüían–, y además nadie había oído⸲hablar jamás de la madre, que ni siquiera era guapa ni quería hablar con la prensa. Vernon había rechazado sus protestas. La difusión del periódico, el mes que acababa de expirar, había descendido en siete mil ejemplares respecto del mes anterior. El tiempo se estaba acabando para *El Juez*. Vernon consideraba incluso la posibilidad de publicar la historia de unos hermanos siameses unidos por la cadera –uno de ellos tenía el corazón muy débil, lo que impedía separarles– que habían conseguido un trabajo en la administración local.

–Si hemos de salvar este periódico –gustaba de decir Vernon en la reunión editorial de la mañana– vais a tener que mancharos las manos. Todos.

Todo el mundo asentía con la cabeza, aunque nadie manifestaba su acuerdo explícito. En opinión de los redactores de más edad, los «gramáticos», *El Juez* debía mantenerse o desaparecer sólo merced a su probidad intelectual. Y se sentían seguros en tal postura, ya que, aparte de los predecesores de Vernon en la dirección, en la casa jamás se había despedido a nadie.

Empezaban a llegar los jefes y subjefes de sección cuando Jean le hizo una seña desde la puerta indicándole

teléfono. Tenía que ser importante, porque
los articulando un nombre: George Lane.
dio la espalda a los recién llegados, y recordó
evitado a Lane en la ceremonia fúnebre.
ge. Fue muy emotivo. Iba a darte...
í. Verás: me ha llegado algo. Creo que deberías
echa. un vistazo.

—¿A qué te refieres?

—Unas fotografías.

—¿Me las envías en cuanto puedas?

—Rotundamente no, Vernon. Es material muy, muy
delicado. ¿No puedes venir a verme ahora?

No todo el desprecio que sentía por George Lane tenía que ver con Molly. Lane poseía el uno por ciento de *El
Juez,* y había puesto dinero en el relanzamiento que siguió
a la caída en desgracia de Jack Mobey y el nombramiento
de Vernon. George pensaba que Vernon estaba en deuda
con él. George, además, no sabía nada de periódicos, y
por tanto pensaba que el director de un diario de ámbito
nacional podía dejar tranquilamente su despacho para
cruzar Londres de punta a punta hasta Holland Park a las
once y media de la mañana.

—Estoy bastante ocupado, la verdad —dijo Vernon.

—Te estoy haciendo un gran favor. El *News of the
World* mataría por conseguirlas.

—Podría pasarme por allí a la noche, a eso de las
nueve.

—Muy bien. Hasta la noche, entonces —dijo George,
de mal humor. Y colgó.

Los redactores habían tomado asiento en torno a la
mesa. La única silla vacía era la suya, y cuando se agachó
para sentarse las charlas cesaron. Se tocó el lado de la cabeza que le estaba obsesionando. Ahora volvía a estar en
compañía, volvía al trabajo, y su ausencia interior no le

causaba ya pesar. Tenía ante él, desplegado, el periódico del día anterior. Y, en medio de aquel silencio casi absoluto, dijo:

—¿Quién ha revisado el editorial sobre Medio Ambiente?

—Pat Redpath.

—En este periódico los gerundios hacen oficio de gerundios, y nunca de otra cosa, y en especial en un editorial, por el amor de Dios... Y «mayoría»... —Dejó la frase en suspenso, para crear un efecto teatral, mientras simulaba buscar en el texto que tenía delante—. «Mayoría» exige un verbo en singular o en plural, depende. ¿Vamos a tener bien claras de una vez por todas estas normas?

Vernon se percató de la aprobación general. Era el tipo de cosas que a los «gramáticos» les gustaba oír. La redacción en pleno veía cómo el periódico descendía a la fosa con una cabal pureza de sintaxis.

Una vez hubo halagado el oído a los «gramáticos», abordó con prisa los temas pendientes. Una de sus innovaciones con más éxito —tal vez la única hasta el momento— consistía en haber acortado aquella reunión diaria de cuarenta a quince minutos mediante la modesta imposición de unas cuantas normas: no dedicar más de cinco minutos a la «disección» del día anterior (lo hecho, hecho estaba); no permitir que se contaran chistes; y, sobre todo, nada de anécdotas. Él no las contaba, luego nadie estaba autorizado a hacerlo. Pasó a las páginas de Internacional y frunció el ceño.

—¿Una exposición de fragmentos de cerámica en Ankara? ¿Eso es noticia? ¿Ochocientas palabras? Sencillamente no lo entiendo, Frank.

Frank Dibben, subjefe de Internacional, explicó, quizá con un punto de mofa:

—Bueno, verás, Vernon. Representa un cambio fundamental de paradigma en nuestro entendimiento de la influencia del antiguo imperio persa sobre...

–Los cambios de paradigma de unos potes de barro rotos no son noticia, Frank.

Grant McDonald, el subdirector, que ocupaba la silla contigua a Vernon, terció con delicadeza:

–El caso es que Julie no nos ha mandado nada desde Roma. Así que tenían que llenar el...

–¡No! Otra vez... ¿Qué le pasa ahora?

–Hepatitis C.

–¿Y por qué no echaste mano de la Associated Press?

Volvió a hablar Dibben:

–Esto era más interesante.

–Te equivocas. Eso le quita las ganas a cualquiera. Ni siquiera el *TLS*[1] tendría el valor de publicarlo.

Pasaron al sumario del día. Los redactores resumieron por turnos los temas de sus listas. Cuando le llegó el turno a Frank, defendió que su información sobre Garmony fuera en primera plana.

Vernon le escuchó hasta el final, y luego dijo:

–Está en Washington cuando debería estar en Bruselas. Negocia un acuerdo con los norteamericanos a espaldas de los alemanes. Pan para hoy, hambre para mañana. Si fue horrible como ministro del Interior, aún es peor en la cartera de Exteriores, y nos llevará a la ruina si algún día llega a primer ministro (lo cual es cada vez más probable).

–Bueno, sí –admitió Frank, ocultando tras un tono suave su enojo por el desaire de lo de Ankara–. Ya has dicho todo eso en tu editorial, Vernon. Pero supongo que la cuestión no es si nos parece bien el acuerdo, sino si el acuerdo es importante.

Vernon se estaba preguntando si no tendría que des-

1. *Times Literary Supplement. (N. del T.)*

46

pedir a Frank. ¿Qué diablos estaba haciendo con aquel pendiente en la oreja?

—Tienes razón, Frank —dijo en tono cordial—. Estamos en Europa. Los americanos quieren que estemos en Europa. La relación especial es algo del pasado. El acuerdo no es importante. Así que la noticia va en las páginas interiores. Mientras tanto, seguiremos «pinchando» a Garmony.

Escucharon al responsable de la sección de Deportes, cuyo número de páginas Vernon había duplicado recientemente en detrimento de las artes y los libros. Al final le llegó el turno a Lettice O'Hara, la jefa de Reportajes:

—Necesito saber si podemos seguir con lo del orfelinato de Gales.

Vernon dijo:

—He visto la lista de la gente que lo frecuentaba. Un montón de peces gordos. Si sale mal, no podremos hacer frente a los costes judiciales.

Lettice pareció aliviada, y procedió a dar cuenta de un artículo de investigación que había encargado sobre un escándalo médico en Holanda.

—Al parecer hay médicos que están sacando partido de las recientes leyes sobre la eutanasia...

Vernon interrumpió su explicación.

—Quiero lo de los hermanos siameses en el periódico del viernes.

Se oyeron murmullos de protesta. ¿Quién sería el primero en atreverse a objetar algo?

Lettice:

—Ni siquiera tenemos las fotografías.

—Pues manda a alguien a Middlesbrough esta misma tarde.

Se hizo un hosco silencio, y Vernon continuó:

—Veréis: trabajan en una sección del departamento local de higiene llamado Planificación Futura. Una perita en dulce.

El jefe de Nacional, Jeremy Ball, dijo:

—Hablamos con él la semana pasada, y no hubo ningún problema. Pero nos llamó ayer el... Quiero decir, la otra mitad. La otra cabeza. No quiere hablar. No quiere fotografías.

—¡Oh, Dios! —se lamentó Vernon—. ¿No os dais cuenta? Es parte de la historia. Han discutido. Lo primero que querrá saber todo el mundo: ¿cómo dirimen sus peleas?

Lettice tenía un aire taciturno. Dijo:

—Parece que tienen marcas de mordiscos. Las dos caras.

—¡Fantástico! —dijo Vernon—. Nadie de la competencia se ha ocupado aún de este asunto. El viernes, por favor. En página tres. Ahora sigamos. Lettice, ese suplemento de ajedrez de ocho páginas... Sinceramente, no me convence demasiado.

2

Pasaron otras tres horas antes de que Vernon pudiera volver a encontrarse completamente a solas. Estaba en los aseos, mirándose en el espejo mientras se lavaba las manos. La imagen estaba allí, pero él no estaba muy convencido de que así fuera. La sensación –o la ausencia de sensación– seguía en el lado derecho de su cabeza, como una gorra bien ceñida. Cuando se pasó un dedo por el cuero cabelludo pudo identificar la frontera, la línea de demarcación donde la sensibilidad del lado izquierdo se convertía no en la del lado opuesto sino en su propia sombra, o en su fantasma.

Tenía las manos bajo el secador eléctrico cuando entró Frank Dibben. Vernon supo que su subordinado, mucho más joven que él, le había seguido para hablar de algo, pues toda una vida de experiencia le había enseñado que a un periodista no le gustaba gran cosa (si podía lo evitaba, de hecho) orinar delante del director de su periódico.

–Mira, Vernon –dijo Frank desde su mingitorio–. Siento lo de esta mañana. Tienes toda la razón en lo de Garmony. No he estado muy acertado que digamos.

En lugar de darse la vuelta y verse obligado a mirar cómo el subjefe de Internacional se ocupaba de sus asuntos íntimos, Vernon volvió a apretar el botón del secador para darse otra ración de aire caliente. Dibben, por su parte, se aliviaba con copiosidad, incluso tempestuosamente. Sí, si Vernon despedía algún día a alguien, sin duda sería a Frank, que ahora se sacudía vigorosamente (quizá unos segundos más de lo estrictamente necesario) mientras continuaba disculpándose.

–Quiero decir que tienes razón en lo de no darle cuartel.

Casio está ansioso, pensó Vernon. Llegará a jefe de sección, y luego querrá mi puesto.

Dibben se volvió hacia el lavabo. Vernon le puso la mano en el hombro: el gesto de perdón.

–Está bien, Frank. Me gusta oír opiniones contrarias en la reunión. Para eso la hacemos.

–Eres muy amable, Vernon. No querría que pensaras que me estoy ablandando con Garmony.

Tal festival del tuteo marcó el final de su charla en los lavabos. Vernon lanzó una risita tranquilizadora y salió al pasillo. Jean le esperaba junto a la puerta con un montón de cartas que tenía que firmar. Detrás estaba Jeremy Ball, y detrás de él, Tony Montano, el gerente del periódico. Alguien a quien Vernon no llegaba a ver se incorporaba en aquel momento a la cola. Echó a andar hacia su despacho en compañía, firmando cartas mientras caminaba, escuchando la retahíla de sus citas de la semana. Todo el mundo le seguía, y Ball estaba diciendo:

–Esa foto de Middlesbrough... Me gustaría evitar los problemas que tuvimos cuando los Juegos Paralímpicos. Pensé que íbamos a decidirnos por algo sencillo...

–Quiero una foto con gancho, Jeremy. No puedo verles la misma semana, Jean. No estaría bien visto. Dile que el jueves.

–Tenía pensado algo victoriano y normalito. Un retrato digno.

50

–Se va de viaje a Angola. Su idea era salir directamente para Heathrow en cuanto hubiera hablado con usted.

–¿Señor Halliday?

–No quiero retratos dignos, ni siquiera en las necrológicas. Consigue que nos cuenten cómo se hicieron esas marcas de mordiscos. Está bien, le veré antes de que se vaya. Tony, ¿quiere hablarme de lo del aparcamiento?

–Me temo que he visto un borrador de su carta de dimisión.

–Seguramente podremos encontrarle un pequeño hueco.

–Lo hemos intentado todo. El jefe de mantenimiento dice que vende el suyo por tres mil libras.

–¿No corremos el riesgo de caer en el sensacionalismo?

–Firme en las dos partes, y ponga las iniciales donde le he marcado.

–No es un riesgo, Jeremy. Es una promesa. Pero, Tony... El jefe de mantenimiento ni siquiera tiene coche.

–¿Señor Halliday?

–La plaza es suya. Tiene derecho a ella.

–Ofrézcale quinientas. ¿Eso es todo, Jean?

–No creo que pueda hacerlo.

–La carta de agradecimiento a los obispos la están mecanografiando en este momento.

–¿Y qué tal si los dos hablaran por teléfono?

–Disculpe, señor Halliday...

–Es demasiado floja. Quiero una imagen que cuente la historia por sí misma. La hora de las *manos sucias...*, ¿te acuerdas? Y al jefe de mantenimiento..., será mejor que le quites la plaza de garaje si no la utiliza.

–Harán huelga, como la última vez. Se colapsarán todas las terminales.

–Muy bien. Tú eliges, Tony. Quinientas libras o las terminales.

–Le pediré a alguien de Fotografía que venga a...

–No te molestes. Mándalo directamente a Middlesbrough.

–¿Señor Halliday? ¿Es usted el señor Halliday?

–¿Quién es usted?

El grupo se detuvo y un hombre delgado y de calva incipiente, con traje negro de chaqueta muy estrecha y completamente abotonada, se adelantó unos pasos y tocó a Vernon en el codo con un sobre, que a continuación tendió y puso en sus manos. El hombre, luego, se plantó delante con las piernas separadas y leyó en tono monocorde y declamatorio un escrito que sostenía ante sus ojos con ambas manos:

–Por el poder que me confiere el Tribunal del encabezamiento a través de su Registro Principal, le hago saber, Vernon Theobald Halliday, la orden del citado Tribunal cuyo tenor es el siguiente: que Vernon Theobald Halliday, domiciliado en el número 13 de The Rook, Londres NW1, y director del diario *El Juez,* no publicará, ni dará lugar a que se publique, ni distribuirá o difundirá por medios electrónicos o cualesquiera otros medios, ni describirá en letra impresa, ni dará lugar a que descripciones del asunto prohibido, al que en adelante se hará referencia como «el material», vean la luz en forma impresa, ni dará a conocer la naturaleza y términos de esta orden, siendo el citado «material»...

El hombre delgado procedió desmañadamente a pasar página, y el director de *El Juez,* su secretaria, el jefe de Nacional, el subjefe de Internacional y el gerente del diario se inclinaron hacia el funcionario, en vilo.

–... toda reproducción fotográfica, o versión de cualquier reproducción de este tipo, fuera ésta grabado, dibu-

52

jo, pintura o producida por cualquier otro medio, de la persona de Julian Garmony, domiciliado en el número 1 de Carlton Gardens y...

–¡Garmony!

Todo el mundo se puso a hablar al mismo tiempo, y las florituras retóricas finales del hombre delgado enfundado en un traje dos tallas más pequeño se perdieron. Vernon se dirigió hacia su despacho. Eran medidas de protección. Aunque no tenían nada concreto contra Garmony, nada en absoluto. Llegó a su despacho, cerró la puerta a su espalda de una patada y marcó un número de teléfono.

–George, esas fotografías son de Garmony, ¿no?

–No abriré la boca hasta que vengas.

–Ha hecho que me envíen un mandamiento judicial.

–Te lo dije: son pura dinamita. Creo que tus argumentos sobre el interés público resultarán irresistibles.

Nada más colgar, sonó el timbre de su línea privada. Era Clive Linley. Vernon no le había visto desde la cremación de Molly.

–Tengo que hablar contigo.

–Clive, no es el mejor momento...

–En serio, Vernon. Necesito verte. Es muy importante. ¿Qué te parece esta noche, después del trabajo?

La gravedad del tono de su amigo hizo que Vernon se resistiera a zanjar la charla de inmediato. Trató, de todos modos, de evitar la cita.

–He tenido un día terrible, Clive...

–No te robaré mucho tiempo. Es importante. Muy importante.

–Bueno... Esta noche tengo que ver a George Lane. Supongo que, de camino, podré pasar un momento por tu casa.

–Te lo agradezco mucho, Vernon.

Cuando colgó, se quedó unos segundos preguntándose por el estado de ánimo de Clive. Tan apremiante, tan... lúgubre. Tan formal. Algo terrible le había sucedido, no había duda. Empezó a sentir cierta mala conciencia por haberle respondido de forma tan poco generosa. Clive se había portado como un amigo de verdad cuando el segundo matrimonio de Vernon se vino abajo, y le había animado a disputar la dirección de *El Juez* cuando todo mundo pensaba que no era sino perder el tiempo. Cuatro años atrás, cuando Vernon cayó en cama con una extraña infección viral de la columna, Clive lo visitó casi a diario, y le llevó libros, música, vídeos y champán. Y en 1987, cuando Vernon se quedó sin trabajo unos cuantos meses, Clive le prestó diez mil libras. Dos años después, Vernon descubrió por azar que Clive había pedido prestado al banco ese dinero. Y ahora, cuando su amigo le necesitaba, Vernon se portaba como un cerdo.

Trató de llamarle por teléfono, pero no obtuvo respuesta. Estaba a punto de volver a marcar cuando el gerente entró en su despacho acompañado del abogado del periódico.

–Tienes algo contra Garmony que no nos has contado.

–Rotundamente no, Tony. Está claro que algo flota en el ambiente, y que le ha entrado el pánico. Deberíamos comprobar si algún otro periódico ha recibido ese mandamiento.

El abogado dijo:

–Ya lo hemos hecho. Ninguno más lo ha recibido.

Tony tenía una expresión de desconfianza.

–¿Y tú no sabes nada?

–Nada en absoluto. Ha sido una sorpresa.

Le hicieron unas cuantas preguntas más, y Vernon respondió negativamente a todas ellas.

Antes de dejar el despacho, Tony dijo:

—No harías nada sin consultarnos antes, ¿eh, Vernon?

—Ya me conoces —dijo, y le dirigió un guiño.

Tan pronto como estuvo a solas levantó el teléfono, y se disponía ya a marcar el número de Clive cuando oyó un revuelo en la antesala de su despacho. La puerta se abrió de pronto y entró una mujer a la carrera, seguida de Jean, que envió un gesto a Vernon con los ojos dirigidos hacia lo alto, casi en blanco. La mujer se plantó ante su mesa, llorando. Llevaba una carta arrugada en la mano. Era la redactora disléxica. Le resultaba casi imposible entender lo que estaba diciendo, pero alcanzó a entresacar dos únicas frases:

—Prometió no dejarme tirada. ¡Me lo prometió!

No podía saberlo en aquel momento, pero los minutos previos a la entrada de aquella mujer en su despacho habrían de ser los últimos en que estaría a solas hasta dejar el edificio a las nueve y media de la noche.

3

Molly solía decir que lo que más le gustaba de la casa de Clive era que él llevara viviendo en ella tanto tiempo. En 1970, cuando la mayoría de sus contemporáneos seguían habitando cuartos alquilados y varios años antes de que pudieran comprarse los primeros apartamentos en húmedos semisótanos, Clive heredó de un tío rico y sin hijos una enorme casa de estuco con un estudio de dos alturas –construido *ad hoc* en la tercera y cuarta plantas– cuyos vastos ventanales arqueados daban al norte y a una vasta urdimbre de tejados inclinados. En consonancia con su tiempo y su propia juventud –tenía veintiún años–, había pintado los muros exteriores de un tono violáceo, y abierto las puertas a sus amigos, la mayoría de ellos músicos. Por la casa pasaron algunas celebridades. John Lennon y Yoko Ono se alojaron en ella una semana. Jimi Hendrix se quedó una noche, y fue probablemente quien dio origen al fuego que destruyó los pasamanos. A medida que la década avanzaba, la casa se iba sosegando. Los amigos seguían quedándose, pero sólo una noche o dos, y ya nadie dormía en el suelo. El estuco recuperó su primitivo color crema, Vernon se quedó a vivir un año en la casa, Molly, un verano. Clive hizo que le subieran un piano de cola al estudio, las paredes se llenaron de estanterías, la gastada moqueta del piso se cubrió con alfombras orientales y los espacios vacíos acogieron varias piezas de mobiliario victoriano. Aparte de unos cuantos colchones viejos, se habían sacado muy pocas cosas de la casa, y debía de ser esto lo que a Molly más le gustaba, porque aquella mansión era la historia de una vida adulta de gustos cambiantes, de pasiones agostadas y de creciente opulencia. La cubertería de Woolworth's de los primeros tiempos seguía en el mismo cajón de la cocina en que se guardaba la cubertería antigua de plata. Los óleos de pintores impresionistas ingleses y daneses convivían en las paredes con desvaídos pósters que aireaban los primeros triunfos de Clive o anunciaban célebres conciertos de rock: los Beatles en el Shea Stadium, Bob Dylan en la Isla de Wight, los Rolling Stones en Altamont... Algunos de los pósters valían ahora más que los cuadros.

A principios de los años ochenta era el hogar de un joven y acomodado compositor –el autor de la música del gran éxito cinematográfico *Navidades en la luna*, de Dave Spieler–, y cierta dignidad (o eso quería creer Clive en sus mejores momentos) parecía descender de los sombríos y altos techos sobre los enormes sofás llenos de bultos y demás piezas del mobiliario –no del todo trastos inservibles, no del todo antigüedades– que había ido adquiriendo en Lots Road. La impresión de seriedad se vería afianzada aún más cuando tomó las riendas de la casa una enérgica ama de llaves. Aquellas piezas no del todo inservibles fueron limpiadas o barnizadas a conciencia, y empezaron a parecer realmente antiguas. Los últimos amigos-inquilinos partieron, y el silencio se hizo *profesional*. En el curso de unos pocos años Clive pasó apresuradamente por dos matrimonios sin descendencia, de los que pareció salir relativamente indemne. Las tres mujeres que había conocido íntimamente vivían en el extranjero. La última, Susie Marcellan, con quien seguía en la actualidad, residía en Nueva York, y cuando viajaba a Londres nunca se quedaba mucho tiempo. Los años y los éxitos de Clive habían circunscrito su vida a su afán artístico; se estaba volviendo si no en extremo celoso de su intimidad, sí al menos cauteloso en relación con ella. Los escritores de reseñas biográficas y los fotógrafos ya nunca eran invitados a su casa, y había quedado definitivamente atrás el tiempo en que conseguía sacar unas horas entre amigos o amantes o fiestas para escribir un audaz preludio o incluso una canción completa. La casa abierta había dejado de ser tal.

Pero Vernon seguía disfrutando visitándole, pues gran parte de su propio proceso de maduración había tenido como marco aquella casa, y guardaba caros recuerdos de novias, veladas pobladas de risas a causa de drogas diversas e innúmeras horas de trabajo en el pequeño dormitorio de la parte trasera. Eran los tiempos de las máquinas de escribir y de las copias de papel carbón. Incluso ahora, al bajar del taxi y subir las escaleras de la puerta principal, volvía a experimentar, siquiera levísimamente, una sensación que ya jamás experimentaba en la actualidad: de genuina expectativa, de que podía suceder cualquier cosa.

Cuando Clive le abrió la puerta, Vernon no percibió en él señal alguna de zozobra o de crisis. Los dos amigos se abrazaron en el umbral.

–Tengo champán en la nevera.

Sacó la botella y cogió dos copas, y Vernon le siguió escaleras arriba. En la casa se respiraba una atmósfera de claustro, y Vernon adivinó que Clive llevaba sin salir uno o dos días. Una puerta entreabierta le permitió vislumbrar su dormitorio, sumido en un desorden absoluto. En ocasiones, cuando el trabajo le absorbía por completo, Clive rogaba a su ama de llaves que no entrara en él hasta nuevo aviso. El estado del estudio le confirmó a Vernon su impresión inicial. El suelo estaba lleno de papel pautado, platos sucios, tazas y copas de vino alrededor del piano y del MIDI[1] y el teclado con los que a veces elaboraba sus orquestaciones. El aire era estanco y húmedo, como respirado demasiadas veces.

–Perdona el desorden.

Después de quitar libros y papeles de los sillones, se sentaron con el champán y se pusieron a charlar de trivialidades. Clive le contó a Vernon su encuentro con Garmony en la cremación de Molly.

–¿En serio que te dijo «vete a tomar por el culo»? ¿El ministro de Asuntos Exteriores? –dijo Vernon–. Podríamos haberlo sacado en los sucesos de actualidad.

–Sí, no habría estado mal. Aunque estoy intentando mantenerme al margen del mundanal ruido.

Dado que hablaban de Garmony, Vernon le contó a Clive las dos conversaciones que había mantenido con George Lane aquella mañana. Era el tipo de cosas que solían interesar a Clive, pero éste no mostró mayor curiosidad ni por las fotografías ni por el mandamiento judicial, y parecía escuchar sólo a medias. En cuanto Vernon acabó de contárselo, se levantó del sillón y fue a llenar las copas. El silencio que anunciaba un giro en la conversación se iba haciendo cada vez más denso. Clive dejó su copa y fue hasta el fondo del estudio, y volvió despacio hasta Vernon frotándose con las yemas de los dedos la palma de la mano izquierda.

–He estado pensando en Molly –dijo al fin–. Su forma de morir, la rapidez, la impotencia... Ella no lo habría

---

1. MIDI *(Musical Instrument Digital Interface):* interfaz que permite la conexión de sintetizadores, instrumentos musicales, etc., con los ordenadores. *(N. del T.)*

querido así. Ya sabes, todo eso de lo que tú y yo ya hemos hablado.

Calló. Vernon bebió de su copa, y aguardó.

–Bien, el caso es que... Que yo también he tenido un pequeño susto hace muy poco... –Alzó la voz para anticiparse a la preocupación de Vernon–: Probablemente no es nada. Ya sabes, eso que de noche te hace sudar como un poseso y al día siguiente te parece una idiotez. No era exactamente de eso de lo que quería hablarte. Seguro que no es nada, aunque tampoco pierdo nada pidiéndote lo que voy a pedirte. En caso de que me ponga enfermo..., algo muy grave, ya sabes, como Molly, y empiece a caer por la pendiente y a cometer errores horribles, errores de juicio, no recordar los nombres de las cosas, no saber quién soy y demás... En fin, ese tipo de cosas. Me tranquilizaría saber que alguien me ayudaría a acabar con todo... O sea, ayudarme a morir. Sobre todo si llego a un punto en el que no puedo tomar la decisión por mí mismo, o no puedo ponerla en práctica. Bien, lo que te estoy diciendo es que... Te estoy pidiendo, siendo como eres mi amigo más antiguo, que me ayudes si alguna vez llego a encontrarme en tal estado y ves con claridad que ésa es la solución correcta. Lo mismo que nosotros habríamos ayudado a Molly si hubiéramos...

Clive dejó la frase sin terminar, un tanto desconcertado por Vernon, que le miraba fijamente con la copa levantada, como petrificado en el acto mismo de llevársela a la boca. Clive se aclaró la garganta con ruido.

–Es una petición muy extraña, lo sé. Además, en este país es ilegal, y no me gustaría que cometieras un delito por mi culpa, suponiendo, claro, que tu respuesta fuera afirmativa. Pero hay formas de hacerlo, y hay sitios donde hacerlo, y si algún día llega el caso quiero que me metas en un avión y me lleves a uno de ellos. Es una gran responsabilidad, lo sé, algo que no podría pedirle más que a un amigo muy íntimo. Lo único que puedo decirte es que no es un ataque de pánico ni nada parecido. He estado meditando mucho sobre ello.

Al cabo, viendo que Vernon seguía allí sentado mirándole fijamente y en silencio, Clive añadió con cierto embarazo:

–Bien, ya te lo he dicho.

Vernon dejó la copa y se rascó la cabeza, y luego se puso en pie.

–¿No quieres hablar de ese susto que tuviste?

–No, no quiero hablar de ello.

Vernon miró el reloj. Se hacía tarde para su cita con George. Dijo:

–Bueno, verás... Lo que me pides es algo extremadamente delicado. Necesito pensarlo.

Clive asintió con la cabeza. Vernon se dirigió hacia la puerta y bajó las escaleras seguido de su amigo. Clive le abrió la puerta principal, y Vernon se despidió y salió a la noche.

–Tengo que pensarlo detenidamente.

–Perfecto. Gracias por venir.

Ambos hombres percibían que la naturaleza de tal petición, su intimidad y las implicaciones que entrañaba en relación con su amistad, había creado una proximidad emocional incómoda ante la que, de momento, lo que convenía hacer era separarse sin decir nada: Vernon alejándose deprisa por la calle en busca de un taxi y Clive volviendo a subir las escaleras hacia el piano.

4

George Lane abrió él mismo la puerta de su mansión de Holland Park.

–Llegas tarde.

Vernon, que asumía el hecho de que George estuviera interpretando el papel de señor de la prensa que convocaba a su director, rehusó disculparse o incluso responder, y siguió a su anfitrión por el luminoso vestíbulo hasta el salón. Felizmente, no había nada en él que pudiera recordarle a Molly. La estancia estaba amueblada con lo que en una ocasión ella había descrito como estilo Buckingham Palace: gruesas alfombras de un amarillo mostaza, grandes sofás de un tono rosa grisáceo y sillones con dibujos en relieve de enredaderas y volutas, ocres cuadros al óleo de carreras de caballos sobre hierba, copias de Fragonards con estampas de bucólicas damas en columpios orladas por inmensos marcos dorados, y toda la vacía opulencia del conjunto iluminada por lámparas de metal lacado. George llegó hasta la enorme chimenea de mármol de irregulares vetas, con un fuego de gas que imitaba a leña, y se dio la vuelta.

–¿Tomarás un oporto?

Vernon cayó en la cuenta de que no había comido

nada desde el sándwich de queso y lechuga de la hora del almuerzo. ¿Por qué, si no, le estaba haciéndose sentir tan irritable la pretenciosa mansión de George? Y ¿qué hacía George con una bata de seda sobre la ropa de calle? Aquel hombre era sencillamente grotesco.

—Sí, muchas gracias.

Se sentaron a unos siete metros de distancia, con el sibilante fuego entre ambos. Si lograra quedarse a solas apenas medio minuto —pensó Vernon—, se acercaría sigilosamente hasta el guardafuegos y se golpearía contra el borde metálico el lado derecho de la cabeza. Ni siquiera ahora, en compañía, se sentía bien.

—He visto las cifras de nuestras tiradas. No son buenas.

—El ritmo de descenso se está haciendo más lento.

Era la respuesta automática de Vernon, su mantra secreto.

—Pero siguen descendiendo.

—Invertir la tendencia lleva tiempo.

Vernon saboreó el oporto y trató de atrincherarse íntimamente diciéndose que George apenas poseía un uno y medio por ciento de *El Juez* y que no sabía nada de periódicos. También le era de utilidad recordar que su fortuna, su imperio editorial, se basaba en una concienzuda explotación de los simples de este mundo: ocultas claves numéricas de la Biblia que predecían el futuro, incas oriundos del espacio exterior, el santo grial, el arca de la alianza, el Segundo Advenimiento, el tercer ojo, el séptimo sello, Hitler sano y salvo en Perú... No era fácil dejarse sermonear por George sobre cómo era el mundo en que vivimos.

—Me da la sensación —estaba diciendo— de que lo que necesitas ahora es una historia de impacto, algo que encienda a los lectores y que haga que la competencia tenga que ocuparse de ello para no quedar fuera de juego.

Lo que se necesitaba para que la tirada dejara de descender era lograr que la tirada empezara a incrementarse. Pero Vernon mantuvo un semblante inexpresivo, porque sabía que George se acercaba al tema del que quería hablar: ciertas fotografías.

Trató, pues, de que se diera prisa:

—Tenemos una buena historia para el viernes. Un par de hermanos siameses que trabajan en la administración local...

—¡Puf!

Había funcionado. George se levantó inmediatamente de su asiento.

—Eso no tiene el menor interés, Vernon. Eso es puro chismorreo. Vas a ver lo que es una verdadera historia. ¡Voy a enseñarte por qué Julian Garmony anda recorriendo todos los juzgados y colegios de abogados con el dedo gordo metido en el culo! Ven conmigo.

Volvieron a atravesar el vestíbulo, dejaron atrás la cocina, recorrieron un pasillo estrecho y llegaron a una puerta que George abrió con una llave Yale. Ciertas estipulaciones de su complicado acuerdo matrimonial disponían que Molly —ella y sus invitados y sus cosas— ocupara separada e independientemente un ala de la casa. Así ella se ahorraba el ver cómo a sus viejos amigos se les aguaba la diversión ante la pomposidad de George, y él escapaba al caótico desorden que se apoderaba de las estancias de la casa donde Molly recibía a los invitados. Vernon había visitado muchas veces a Molly en aquella ala de la casa, pero siempre había entrado por la puerta que daba directamente a la calle. Ahora, mientras George empujaba la puerta y la abría, se puso tenso. No estaba preparado. Habría preferido ver las fotografías en la parte de la casa que habitaba George.

En la penumbra, durante los segundos en que George

buscó el interruptor, Vernon experimentó por vez primera el verdadero impacto de la muerte de Molly: el hecho liso y llano de su ausencia. Y tal constatación le llegó a través de aromas que había ya empezado a olvidar: su perfume, sus cigarrillos, las flores secas de su dormitorio, los granos de café, la calidez como de tahona de la ropa limpia y planchada... Había hablado de ella largo y tendido, y había pensado en ella, aunque sólo en los pocos ratos que podía arañar a sus agobiantes jornadas de trabajo o en los momentos previos al sueño, y hasta entonces no había tenido ocasión de echarla de menos realmente, en su corazón, y de recibir la bofetada de saber que jamás volvería a verla o a oírla. Era su amiga, acaso la mejor que había tenido en su vida, y se había ido. En aquel momento podía perfectamente comportarse como un necio ante George, un hombre cuyos rasgos siempre le parecían desdibujados, incluso ahora, a la luz de aquella estancia. Aquella extraña desolación, aquella dolorosa opresión en el lado interno de la cara, justo encima del paladar, no la había experimentado desde la infancia, desde la escuela primaria. Nostalgia de Molly. Ocultó un grito ahogado de autocompasión tras una sonora tos de adulto.

El lugar estaba exactamente como ella lo había dejado el día en que finalmente accedió a mudarse a un dormitorio del cuerpo principal de la casa, donde George habría de encerrarla como en una cárcel para cuidarla. Al pasar junto al cuarto de baño, Vernon entrevió sobre la barra de las toallas una de las faldas de Molly que recordaba, y en el suelo desnudo un sujetador y una toalla. Más de un cuarto de siglo atrás ella y Vernon habían sido pareja durante casi un año, en un diminuto ático de la Rue de Seine. Entonces siempre había toallas húmedas en el suelo, y cascadas de ropa interior de Molly cayendo de unos cajones que nunca cerraba, y una gran tabla de planchar que siempre estaba en medio y nunca plegada, y, en el único gran armario, rebosante de ropa, vestidos y vestidos, prensados uno contra otro en sus perchas como viajeros en el metro. Revistas, maquillaje, extractos de movimientos de los bancos, collares de cuentas, flores, bragas, ceniceros, invitaciones, tampones, discos, billetes de avión, zapatos de tacón... Ni una sola superficie libre de las cosas de Molly, de forma que Vernon, cuando tenía que trabajar en casa, se iba a escribir a un café cercano. Y sin embargo Molly, cada mañana, se levantaba fresca en medio de aquel femenino y mísero hábitat, cual una Venus de Botticelli en su concha, para poco después presentarse —no desnuda, claro está, sino pulcramente arreglada— en las oficinas parisienses de *Vogue*.

—Sígueme, por favor —dijo George, entrando en el salón.

Había un gran sobre de color marrón encima de una silla. Mientras George se dirigía hacia él para cogerlo, Vernon tuvo tiempo para echar una ojeada a su alrededor. Tenía la sensación de que Molly podía aparecer en el salón en cualquier momento. Había un libro de jardines italianos en el suelo, con las cubiertas hacia abajo, y, sobre una mesa de centro, tres copas de vino, con el cristal recubierto por una pátina de moho verde grisáceo. Quizá él mismo había bebido de una de ellas. Trató de recordar su última visita, pero las ocasiones en que había estado allí se confundían ahora en su memoria. Largas conversaciones habían precedido a su mudanza al ala principal de la casa, que ella tanto temía y a la que tanto se había resistido, pues sabía que habría de ser un viaje sin retorno. La alternativa era ser internada en una residencia. Tanto Vernon como sus otros amigos le habían aconsejado quedarse en Holland Park, en la creencia de que era preferible la familiaridad de aquel entorno a un medio extraño. Cuán errados estaban. Incluso en el más estricto régimen de una institución de ese tipo, habría sido más libre de lo que jamás llegó a serlo bajo los férreos cuidados de su esposo.

Mientras se deleitaba en el acto mismo de sacar las fotografías del sobre, George Lane le hizo un gesto a Vernon para que tomara asiento. Vernon seguía pensando en Molly. ¿Tuvo momentos de lucidez mientras se deslizaba hacia el abismo, mientras se sentía abandonada por los amigos que no iban a visitarla, sin saber que George había prohibido estas visitas? Si maldijo a sus amigos, hubo de maldecir también a Vernon.

George se había colocado las fotografías —tres, de veinticinco por veinte— sobre el regazo, boca abajo. Disfrutaba vivamente de lo que, al ver el silencio de Vernon, tomó por muda impaciencia. Y espoleó tal supuesta urgencia hablando con una morosa parsimonia:

—Primero he de decirte una cosa. No tengo la menor idea de por qué Molly sacó estas fotografías, pero de una cosa no hay duda: tuvo que ser con el consentimiento de Garmony, pues está mirando directamente al objetivo. Como es lógico, los derechos de estas fotos pertenecían a Molly, por lo que, siendo yo el único fideicomisario de su patrimonio, ahora soy de hecho el dueño de ellas. No hace falta decir que espero que *El Juez* proteja sus fuentes.

Levantó una del regazo y se la pasó a Vernon. Durante un instante, la imagen no pareció decirle nada —más allá de sus satinados blancos y negros—, pero luego fue ganando en definición hasta constituirse en un nítido plano medio. Increíble. Vernon alargó la mano para coger la segunda: de cuerpo entero, muy de cerca. Y la tercera: un perfil tres cuartos. Volvió a la primera, y su mente se vació de pronto de otros pensamientos. Luego estudió la segunda, y luego la tercera, viéndolas ahora cabalmente, sintiendo oleadas de respuestas bien diferenciadas: al principio asombro, seguido de una desatada hilaridad interna. Al reprimirla, experimentó la sensación de levitar de su asiento. A continuación, sintió una pesada responsabilidad (¿o era poder?). La vida de un hombre, o al menos su carrera, estaba en sus manos. Y quién sabe..., acaso estaba en situación de hacer que el futuro de su país cambiara a mejor. Y que cambiara asimismo el futuro de la difusión de su periódico.

–George –dijo al fin–. Necesito pensar en esto con mucho detenimiento.

5

Media hora más tarde Vernon salió de la mansión de George con el sobre en la mano. Paró un taxi y, después de decirle al taxista que pusiera en marcha el taxímetro y se estacionara junto al bordillo, se quedó sentado en el asiento trasero unos minutos, arrullado por el motor al ralentí, frotándose con suavidad el lado derecho de la cabeza mientras pensaba qué hacer. Finalmente pidió al taxista que le llevara a South Kensington.

La luz del estudio seguía encendida, pero Vernon no llamó al timbre. En lo alto de las escaleras escribió una nota con un texto lo bastante vago como para que el ama de llaves —la primera en leerla, probablemente— no pudiera saber de qué se trataba. La dobló dos veces, la metió por debajo de la puerta y volvió apresuradamente al taxi.

Sí, con una condición: que tú hagas lo mismo por mí. Vernon.

III

1

A Clive no le cabía la menor duda: la melodía se le seguiría mostrando esquiva mientras se quedara en Londres, en su estudio. Lo intentaba día tras día: pequeños esbozos, osadas fintas, pero no lograba sino fragmentos, «citas» –ligera o concienzudamente disfrazadas– de su obra anterior. Nada afloraba libre –en su propio lenguaje, con su propia autoridad–, capaz de ofrecer el elemento de sorpresa que habría de constituir una garantía de originalidad. Día tras día, después de abandonar estas tentativas, dedicaba su esfuerzo a tareas más fáciles, más anodinas, como dar cuerpo a las orquestaciones, reescribir las confusas páginas de papel pautado y trabajar en una resolución articulada de acordes menores que marcaran el comienzo del movimiento lento. Tres citas escalonadas en el curso de ocho días le impidieron salir para el Distrito de los Lagos. Unos meses antes había prometido asistir a una cena para recaudar fondos; como un favor a un sobrino que trabajaba en la radio, había aceptado dar una charla de cinco minutos en su emisora; y se había dejado persuadir para formar parte del jurado en un concurso de composición de un colegio local. Por último, había tenido que posponer su viaje un día más porque Vernon quería verle.

Durante este tiempo, cuando no estaba trabajando, Clive estudiaba los mapas, aplicaba cera líquida a sus botas de marcha y comprobaba el buen estado de su equipo, operaciones todas ellas importantes cuando se planeaba una excursión de invierno por las montañas. Podría haberse tomado la licencia de no cumplir sus compromisos poniendo como excusa el espíritu libre del artista, pero detestaba dar muestras de este tipo de arrogancia. Tenía varios amigos que jugaban la carta de la genialidad cuando les convenía, y dejaban de aparecer en este o aquel acto en la creencia de que cualquier trastorno causado en el ámbito local no podía sino acrecentar el respeto por la naturaleza absorbente e imperiosa de su noble vocación artística. Estos individuos —los novelistas eran, con mucho, los peores— se las arreglaban para convencer a amigos y familiares de que no sólo sus horas de trabajo, sino cada cabezada o cada paseo, cada rato de silencio, depresión o borrachera llevaba en sí mismo el marchamo exculpatorio de una alta meta. Una máscara para ocultar la mediocridad, en opinión de Clive. No dudaba que la vocación artística fuera alta y noble, pero el mal comportamiento no era parte integrante de ella. Quizá en cada siglo se dieran una o dos excepciones. Beethoven, por ejemplo; Dylan Thomas, *rotundamente no.*

Clive no le contó a nadie que se había estancado en su trabajo. Dijo, en lugar de ello, que se tomaba unas vacaciones para practicar el excursionismo de montaña. De hecho, no se consideraba en absoluto «varado». A veces el trabajo era arduo, y uno tenía que hacer lo que la experiencia le hubiera enseñado que resultaba más efectivo. Así que se quedó en Londres, asistió a la cena, dio la charla, hizo de jurado en el certamen y, por primera vez en su vida, tuvo un desacuerdo serio con Vernon. Y hubo de esperar hasta el primer día de marzo para ir a la estación de

Euston y encontrar un compartimento de primera clase libre en el tren con destino a Penrith.

Le gustaban los viajes en tren por el ritmo sedante que imprimían a los pensamientos (justo lo que necesitaba tras su enfrentamiento con Vernon). Pero acomodarse en su asiento de primera clase no le resultó tan fácil como había imaginado. Al avanzar por el andén con talante taciturno se había detectado cierta irregularidad en el andar, como si tuviera una pierna más larga que la otra. Una vez hubo encontrado el compartimento, ocupó su asiento y se quitó un zapato y descubrió una aplastada masa negra de chicle incrustada en la estría en zigzag de la suela. Con el labio superior arqueado en una mueca de disgusto, aún seguía raspando, restregando y cortando con una navaja aquella masa informe cuando el tren inició la marcha. Bajo la pátina de mugre, el chicle conservaba su color levemente rosa, como de carne, y su olor a menta, aunque débil, seguía siendo claramente perceptible. Cuán horrible aquel íntimo contacto con algo que había estado en la boca de un desconocido; qué inmensa vulgaridad la de la gente que mascaba chicle y lo dejaba caer de la boca dondequiera que se encontrara en ese momento. Volvió de lavarse las manos, se pasó varios minutos buscando con desesperación sus gafas de leer, que al cabo encontró en el asiento contiguo, y cayó en la cuenta de que no se había llevado ninguna pluma ni bolígrafo. Cuando finalmente dirigió su atención al exterior de la ventanilla, se había asentado en él una familiar misantropía que le movía a no ver en el paisaje poblado de edificios que iba deslizándose fuera sino fealdad y actividad vana.

En su rincón del oeste de Londres, y en su ensimismada jornada diaria, a Clive le resultaba fácil pensar en la civilización como suma de todas las artes, a las que habría que añadir sin duda el diseño, la cocina, el buen vino, etcétera. Pero ahora se le presentaba tal cual era realmente: kilómetros y kilómetros cuadrados de precarias casas modernas cuyo principal objeto era sustentar las antenas de televisión, tanto convencionales como parabólicas; fábricas productoras de quincalla inútil que se anunciaba en televisión (y, en sombríos solares, filas de camiones listos para distribuirla); y, por todas partes, carreteras y carreteras y la tiranía del tráfico. Parecía la mañana siguiente a una de esas estentóreas fiestas que se prolongan hasta altas horas de la madrugada. Nadie había querido que fuera así, pero a nadie se le había preguntado. Nadie lo había planificado de ese modo, a todo el mundo le disgustaba, pero la mayoría de la gente tenía que *vivir en ello*. Al contemplar tal panorama un kilómetro tras otro, ¿quién habría podido adivinar que había existido alguna vez la gentileza o la imaginación, que habían existido seres como Purcell o Britten, como Shakespeare o Milton? De cuando en cuando, a medida que el tren ganaba velocidad e iba dejando atrás Londres, surgían trechos de campo, y con ellos las primeras muestras de belleza, o de memoria de ella, hasta que segundos después se desvanecían ora en un río canalizado hacia una presa de hormigón, ora en un brusco terreno agrícola sin setos ni árboles, y otra vez las carreteras, nuevas carreteras que surcaban el espacio impúdica, interminablemente, como si lo único que importara fuera estar lejos, en cualquier otra parte. En lo que concernía al bienestar de cualquier otra forma viviente sobre la tierra, el proyecto humano no sólo era un fracaso sino un inmenso error desde su inicio mismo.

Pero si a alguien había que culpar de su ánimo sombrío era a Vernon. Clive había utilizado aquella línea a menudo en el pasado, y la vista jamás se le había antojado tan deprimente. Tampoco podía achacarlo al chicle, o a la pluma o bolígrafo olvidados. La disputa de la noche anterior seguía resonando en sus oídos, y Clive temía que tal eco pudiera perseguirle hasta las montañas y hurtarle toda posible paz. Y lo que pervivía ahora en él no era exactamente un choque frontal de voces, sino una creciente consternación ante la conducta de su amigo, y la sensación cada vez más viva de que jamás había conocido realmente a Vernon. Apartó la mirada de la ventanilla. La semana anterior, sin embargo, le había hecho una petición de lo más inusitada e íntima. Qué gran error, especialmente ahora que la sensación de su mano izquierda había desaparecido por completo. No había sido sino una necia ansiedad sólo motivada por la incineración de Molly. Uno de esos brotes ocasionales de miedo a la muerte. Pero cuán vulnerable se había hecho a sí mismo aquella noche. No era un gran consuelo que Vernon, luego, le hubiera pedido lo mismo; a él no le había costado más que escribir una apresurada nota e introducirla por debajo de la puerta. Aquello era quizá una muestra de cierta... asimetría en su amistad, algo que siempre había estado allí y que Clive, consciente de ello en algún rincón de su corazón, siempre había apartado de su mente mientras se reprochaba el albergar pensamientos que no merecían ningún crédito. Hasta aquel momento. Sí, existía cierta asimetría en su amistad, lo cual, analizado detenidamente, hacía menos sorprendente la confrontación de la noche anterior.

Hubo un tiempo, por ejemplo, en que Vernon vivió en su casa durante un año y jamás le ofreció cantidad alguna en concepto de alojamiento. Y, en general, ¿no era cierto que durante todos aquellos años había sido Clive y no Vernon quien había aportado «cosas» (en todos los sentidos) a la relación? ¿Quién ponía el vino, la comida, la casa, los músicos y otras amistades interesantes? ¿Quién conseguía que Vernon fuera invitado a pasar temporadas con alegres amigos en casas alquiladas en Escocia, en las montañas del norte de Grecia, en las orillas de Long Island? ¿Cuándo le había propuesto y facilitado a él Vernon algún placer fascinante? ¿Cuándo había sido la última vez que Vernon le había invitado a su casa? Hacía tres o cuatro años, quizá. ¿Por qué jamás había reconocido Vernon debidamente el acto de amistad que suponía el haberle prestado una elevada suma de dinero para ayudarle a salir de un grave apuro? Cuando Vernon tuvo que guardar cama con una enfermedad de la columna, Clive fue a visitarle casi diariamente. Pero cuando Clive resbaló en la acera enfrente de su casa y se rompió el tobillo, Vernon se limitó a mandar a su secretaria con una bolsa de libros de la sección cultural de *El Juez* (de los enviados por las editoriales como propaganda).

Con más crudeza aún: ¿qué había sacado realmente él, Clive, de su amistad con Vernon? Había dado, sí, pero ¿había recibido alguna vez algo a cambio? Tenían en común a Molly, y estaban todos aquellos años, y los hábitos de la amistad, pero en el núcleo de todo ello, en realidad, no había nada. Para Clive, al menos. Una explicación generosa de tal asimetría habría quizá invocado la pasividad y ensimismamiento de Vernon. Ahora, tras la noche anterior, Clive se inclinaba a interpretar estas características como meros elementos de algo más general: la falta de principios de Vernon.

Al otro lado de la ventanilla, sin que Clive pudiera verlo, desfilaban unos bosques de hoja caduca, con su plateada geometría invernal de heladas sin derretir. Más adelante, un despacioso río se abría paso entre las juncias, y, más allá de las tierras inundadas, se veían pastos helados flanqueados por muros de mampostería. En las lindes de una población de aire ajado, enmohecido, una extensión de terreno industrial baldío estaba siendo devuelta al bosque; árboles recién plantados en tubos de plástico se extendían casi hasta el horizonte, donde los *bulldozers* esparcían la capa más superficial de la tierra sobre el terreno. Pero Clive, sumido en los meandros autopunitivos de su ferviente divagación social, miraba fijamente hacia adelante, hacia el asiento vacío que tenía enfrente, y distorsionaba y coloreaba el pasado a través del prisma de su infelicidad. De vez en cuando lo distraían otros pensamientos, y a ratos leía algo, pero en general ése fue el tema recurrente de su viaje hacia el norte: la larga y estudiada *redefinición* de una amistad.

Unas horas después, en Penrith, fue un gran alivio «apearse» de sus meditaciones y recorrer el andén con las bolsas del equipaje y salir de la estación en busca de un taxi. Faltaban aún treinta kilómetros para Stonethwaite, y se sintió feliz al enfrascarse en una conversación trivial con el taxista. Dado que no era fin de semana y estaban en temporada baja, Clive era el único huésped del hotel. Había pedido la habitación en que se había hospedado las tres o cuatro veces que había estado allí antes, la única que disponía de una mesa para trabajar. A pesar del frío, abrió la ventana para poder respirar, mientras deshacía el equipaje, el inconfundible aire invernal de la tierra de los lagos: agua con turba, roca húmeda, tierra musgosa. Comió solo en el bar, bajo la mirada de un zorro disecado, petrificado en actitud predatoria dentro de una vitrina. Tras un corto paseo en total oscuridad por el perímetro vallado del aparcamiento del hotel, volvió al interior, dio las buenas noches a la camarera que le había atendido y subió a su exiguo cuarto. Después de leer durante una hora, se quedó tendido en la cama, a oscuras, escuchando el arroyo crecido y rumoroso, sabiendo que el tema recurrente del tren habría de volver a su cabeza tarde o temprano, y que era preferible plegarse a él en aquel momento que verse obligado a soportarlo al día siguiente durante el paseo.

Aunque no era el desencanto lo que le forzaba ahora a volver sobre ello. Estaban sus recuerdos de la conversación, pero también algo que iba más allá; lo que se había dicho, y lo que le gustaría decirle a Vernon ahora, después de haber tenido varias horas para reflexionar sobre el asunto. Era recordar, pero también entregarse a la fantasía: imaginaba un cuadro dramático en el que él se asignaba las mejores frases, frases resonantes y llenas de una moderación triste cuyas acusaciones resultaban harto severas e incontestables a causa de su tensión interna y su contención emocional.

2

Lo que había sucedido era lo siguiente: Vernon telefoneó a última hora de la mañana, y utilizó palabras tan similares a las que había pronunciado Clive la semana anterior que parecían una auténtica y deliberada cita de su amigo, o la lúdica petición de liquidación de una deuda. Vernon tenía que hablar con él, era urgente e ineludible, el teléfono no servía, tenía que *verle*, y tenía que ser aquel mismo día.

Clive vaciló. Tenía pensado coger el tren de la tarde para Penrith, pero dijo:

—Bien, ven a verme y cenaremos juntos.

Cambió sus planes, subió dos buenas botellas de Borgoña de la bodega y preparó la cena. Vernon llegó con una hora de retraso, y la primera impresión de Clive fue que su amigo había perdido peso. Tenía la cara larga y delgada, y no se había afeitado; el abrigo parecía quedarle enormemente grande, y cuando dejó en el suelo el maletín para coger la copa de vino que Clive le tendía le tembló la mano.

Apuró el Chambertin Clos de Bèze como si fuera una cerveza, y dijo:

—Qué semana, qué semana más horrible...

Alargó la copa para que su amigo volviera a llenarla, y Clive, feliz de no haber empezado por el Richebourg, le sirvió más vino.

—Esta mañana nos hemos pasado tres horas en los tribunales, y hemos ganado. Pensarás que ahí se acaba todo. Pero tengo a toda la redacción en mi contra; bueno, a casi toda. El edificio entero está revolucionado. Es un milagro que podamos sacar el periódico mañana. El sindicato se halla reunido ahora mismo, y están seguros de poder plantear una moción de censura contra mi persona. La gerencia y el consejo de administración se mantienen firmes; en ese sentido todo va bien. Es una lucha a muerte.

Clive le hizo un gesto para que tomara asiento, y Vernon se dejó caer en una silla, puso los codos sobre la mesa de la cocina, se tapó la cara con las manos y prosiguió en tono lastimero:

—Esos bastardos melindrosos... Son capaces de perderlo todo antes que aceptar un mísero y jodido cambio de política. No viven en el mundo real. Merecen morirse de hambre. —Clive no tenía la menor idea de lo que estaba hablando, pero siguió callado. La copa de Vernon volvía a estar vacía, y Clive volvió a llenársela, y luego fue hasta el horno y sacó los dos pollitos que estaba cocinando. Vernon levantó el maletín y se lo puso sobre las rodillas. Antes de abrirlo, aspiró lenta y profundamente para calmarse y tomó otro trago de Chambertin. Hizo saltar los cierres del maletín, vaciló unos instantes, y al cabo dijo en tono más bajo:

—Verás, me gustaría saber tu opinión sobre esto, no sólo porque tengas cierta relación con ello y sepas ya algo sobre el asunto, sino porque no estás en el negocio y necesito saber la opinión de alguien ajeno a él por completo. Creo que me estoy volviendo loco...

La última frase la dijo como para su coleto, mientras

82

hurgaba en el maletín y sacaba un gran sobre de papel cartón, del que extrajo tres fotografías en blanco y negro. Clive apagó el fuego donde había calentado una cacerola y se sentó a la mesa. En la primera fotografía que le tendió Vernon se veía a Garmony con un sencillo vestido tres cuartos, en pose como de modelo en la pasarela, con los brazos abiertos ligeramente hacia los lados, un pie un poco adelantado y en línea con el otro y las rodillas un ápice dobladas. Bajo la tela se adivinaban unos pequeños pechos falsos, y la parte alta del vestido dejaba al descubierto sobre un hombro el tirante de un sostén. Estaba maquillado, pero no en exceso, ya que su palidez natural casaba bien con el conjunto, y el carmín confería como un halo de sensualidad a los estrechos y duros labios. El pelo era claramente el suyo: corto, ondulado y con raya a un lado, de forma que su aspecto general era a un tiempo pulcro y disoluto, y levemente bovino. La estampa no podía tomarse en modo alguno como exhibición de un disfraz, o como divertida broma ante la cámara. La tensa, absorta expresión de aquel semblante era la de un hombre captado en una dimensión sexual. La intensa mirada dirigida hacia el objetivo era conscientemente seductora. La iluminación era tenue, y hábilmente elaborada.

–Molly... –dijo Clive en voz muy baja, como para sí mismo.

–Has acertado a la primera –dijo Vernon.

Observaba a Clive con impaciencia, a la espera de una reacción, y Clive, en parte para ocultar sus pensamientos, siguió mirando detenidamente la fotografía. Lo primero que sintió fue, sencillamente, alivio. Por Molly. Acababa de resolverse un enigma. Era eso lo que le atraía de él: su vida secreta, su vulnerabilidad, el vínculo secreto que por fuerza llegaría a unirles aún más íntimamente. Oh, Molly. Seguro que había sido creativa y traviesa, que le había instado a ir más lejos, a adentrarse en aquellos sueños que la Cámara de los Comunes jamás podría colmar... Y seguro que él sabía que podía confiar en ella. Si la enfermedad que la llevó a la tumba hubiera sido otra, sin duda habría podido tomar la precaución de destruir aquellas fotografías. ¿Había salido aquella... *peculiaridad* de las paredes de aquella alcoba? ¿A restaurantes de ciudades extranjeras, por ejemplo? Dos chicas en viaje de placer. Molly sabía perfectamente cómo hacerlo. Conocía la ropa y los lugares apropiados; disfrutaría enormemente con la confabulación y la juerga, con lo descabellado de la aventura, con su carga erótica. Clive pensó de nuevo en cuánto la había amado.

–¿Y bien? –dijo Vernon.

Anticipándose a él, Clive alargó la mano para coger otra fotografía. En ella –un primer plano– el vestido era más delicado y femenino, con un ribete de encaje en las altas mangas y el escote (quizá era una prenda de lencería). El efecto era menos logrado que en la anterior, pues desnudaba por completo la latente masculinidad y revelaba todo el patetismo, todas las imposibles esperanzas de su confusa identidad. La experta iluminación de Molly no había logrado disimular las mandíbulas de aquella cabeza enorme, ni la protuberancia excesiva de la nuez. La apariencia real de Garmony en la fotografía y cómo él había creído estar en ella eran probablemente dos cosas muy distintas. Aquellas fotografías deberían haber sido percibidas por él como ridículas; de hecho *eran* ridículas, pero Clive, en cierto modo, se sintió sobrecogido ante ellas. Los humanos sabíamos tan poco unos de otros. Nos hallábamos sumergidos casi por entero, como icebergs, y apenas dejábamos ver la cara tranquila y clara de nuestro ser social. Ahora Clive tenía ante sí una rara vista de debajo de las olas, la visión de la intimidad tormentosa de un hombre, de su dignidad desbaratada por una imperiosa necesidad de pura fantasía, de puro *pensamiento,* por ese elemento humano irreductible: la mente.

Por primera vez en su vida Clive se preguntó cómo tendría que ser mirar a Garmony con ojos benévolos. Molly lo había hecho posible. En la tercera fotografía Garmony llevaba una chaqueta recta de Chanel, y tenía la mirada baja; en alguna dimensión de su ser más íntimo era una recatada y verosímil mujer, pero lo que cualquier observador veía en él era una huida. Enfréntate a ello: eres un hombre. Y estás mucho mejor mirando frente a frente a la cámara, mostrándonos cara a cara tu farsa.

–¿Y bien? –repitió Vernon, con un punto de impaciencia.

–Extraordinario.

Clive le devolvió las fotografías. Con las imágenes delante de los ojos no podía pensar con claridad. Dijo:

–Imagino que estás luchando para que tu periódico no las publique.

Vernon le miraba con fijeza, asombrado.

–¿Estás loco? Es el enemigo. Te lo acabo de contar: hemos logrado que anulen ese mandamiento judicial.

–Ah, sí, claro. Perdona, no me he dado cuenta...

–Mi idea es sacarlas la semana que viene. ¿Qué opinas?

Clive se echó hacia atrás en su silla; levantó las manos y las enlazó detrás de la cabeza.

–Opino –dijo, sopesando las palabras–, opino que tus redactores tienen razón. Es una idea espantosa.

–Explícate.

–Arruinará su vida.

–Puedes jurarlo.

–Quiero decir personalmente.

–Sí.

Se hizo un silencio largo: a Clive se le agolpaban en la cabeza tantas objeciones que parecían irse anulando unas a otras de inmediato.

Vernon empujó la copa vacía sobre el tablero de la mesa, y cuando de nuevo la tuvo llena dijo:

—No te entiendo. Ese tipo es dañino de verdad. Tú mismo lo has dicho miles de veces.

—Sí, es infame —admitió Clive.

—Se dice que va a presentar su liderazgo alternativo para noviembre. Sería terrible para el país que llegara a primer ministro.

—Yo también lo creo —dijo Clive.

Vernon extendió las manos.

—¿Entonces?

Hubo otro silencio, en el curso del cual Clive se quedó mirando las grietas del techo mientras trataba de dar forma a sus pensamientos. Al final dijo:

—Dime una cosa. ¿Crees que, en principio, está mal que los hombres se vistan con ropas de mujer?

Vernon lanzó un gruñido. Empezaba a actuar como si estuviera bebido. Debía de haberse tomado unas copas antes de venir a verle.

—¡Oh, Clive!

Clive siguió insistiendo.

—En un tiempo fuiste partidario acérrimo de la revolución sexual. Defendías a capa y espada a los *gays*.

—No puedo creer lo que estoy oyendo.

—Defendías las obras de teatro y las películas que la gente quería prohibir. El año pasado, sin ir más lejos, hablaste en favor de esos cretinos que llevaron a juicio por clavarse clavos unos a otros en las pelotas.

Vernon hizo una mueca de dolor.

—Era en el pene.

—¿No es éste el tipo de manifestación sexual que tienes

a gala defender? ¿Cuál es exactamente el crimen de Garmony para que haya que sacarlo a la luz pública?

—Su hipocresía, Clive. Estamos hablando del flagelador, del linchador, del apóstol de los valores familiares, del azote de emigrantes, de quienes piden asilo político, de quienes van vagando de un país a otro, de los marginados...

—Eso no viene a cuento ahora —dijo Clive.

—Por supuesto que viene a cuento. No digas gilipolleces.

—Si está bien ser un travesti, también está bien que un racista sea travesti. Lo que no está bien es ser racista.

Vernon suspiró fingiendo lástima.

—Escúchame bien...

Pero Clive había encontrado la analogía que buscaba:

—Si está bien ser un travesti, también está bien que un padre de familia lo sea. En privado, claro está. Y si está bien ser...

—¡Clive! Escúchame. Tú te pasas el día en el estudio soñando sinfonías. No tienes ni idea de lo que está en juego. Si a Garmony no se le para los pies ahora, si consigue llegar a primer ministro en noviembre, tendrán muchísimas probabilidades de ganar las elecciones el año que viene. ¡Otros cinco años! Habrá aún más gente viviendo por debajo del umbral de la pobreza, más gente en la cárcel, más gente sin hogar, más crimen, más algaradas callejeras... Incluso ha estado hablando de volver a instaurar el servicio militar obligatorio. El medio ambiente se resentirá enormemente, pues preferirá complacer a sus amigos especuladores a firmar los acuerdos para detener el calentamiento del planeta. Quiere sacarnos de Europa. ¡Qué catástrofe económica! A ti todo te va muy bien... —aquí Vernon hizo un gesto en abanico señalando la enorme cocina—, pero a la mayoría de la gente...

—Cuando bebas mi vino —gruñó Clive—, ve con tino.

–Alcanzó la botella de Richebourg y volvió a llenar la copa de Vernon–. Son ciento cinco libras la botella.

Vernon apuró media copa en un par de segundos.

–Eso es precisamente lo que digo. ¿No te estás volviendo comodón y de derechas en la madurez?

Clive respondió a la pulla con otra:

–¿Sabes cuál es el meollo de todo este asunto? Estás haciéndole el trabajo a George. Te está azuzando contra él. Te está utilizando, Vernon, y parece mentira que no te des cuenta. Odia a Garmony por su aventura con Molly. Si supiera algún trapo sucio mío o tuyo, lo utilizaría también. –Clive calló unos segundos, y luego añadió–: Y puede que lo tenga. ¿Molly te sacó alguna foto a ti? ¿De hombre rana? ¿Con un tutú? La gente tendría derecho a enterarse...

Vernon se levantó de la silla y volvió a meter el sobre en el maletín.

–He venido a buscar tu apoyo. O a encontrar una actitud receptiva, al menos. No me esperaba tus jodidos improperios.

Salió al vestíbulo. Clive lo siguió, pero no se sentía con ganas de pedirle disculpas.

Vernon abrió la puerta, y se volvió. Tenía un aire desaseado y maltrecho.

–No lo entiendo –dijo en voz baja–. No creo que estés siendo sincero conmigo. ¿Qué es lo que de verdad te parece mal en lo que me propongo hacer?

Probablemente la pregunta era retórica. Pero Clive avanzó un par de pasos hacia su amigo y respondió:

–Me parece mal por Molly. A nosotros no nos gusta Garmony, pero a Molly sí le gustaba. Garmony confió en ella, y ella no defraudó esa confianza. Fue algo entre ellos dos. Y las fotografías son de Molly; no tienen nada que ver contigo o conmigo o con tus lectores. A ella le parecería aborrecible lo que estás haciendo. Sinceramente, la estás traicionando.

Luego, antes de darle a Vernon la satisfacción de cerrarle la puerta en las narices, Clive se dio la vuelta y se alejó hacia la cocina, donde comería solo lo que había cocinado.

3

A la entrada del hotel, adosado a un tosco muro de piedra, había un banco de madera. Por la mañana, después del desayuno, Clive se sentaba en él a atarse las botas. Aunque seguía sin dar con la melodía del final, al menos había dos cosas que le ayudarían en su búsqueda. La primera era de índole general: se sentía optimista. El trabajo de base lo había llevado ya a cabo en el estudio, y, aunque no había dormido del todo bien, le alegraba la perspectiva de volver a aquel paisaje que tanto le gustaba. La segunda era muy concreta: sabía exactamente lo que quería. En realidad estaba trabajando «marcha atrás», es decir, presentía que el *tema* se hallaba ya en fragmentos e insinuaciones ocultos en lo que ya llevaba escrito. Reconocería las notas en cuanto le vinieran a la cabeza. En la pieza acabada, la melodía sonaría al oído inocente como si ya hubiera sido anticipada o desarrollada antes en algún otro pasaje de la partitura. El hallazgo de aquellas precisas notas no sería sino un acto de inspirada síntesis. Era como si ya las conociera pero aún no pudiera oírlas. Conocía su tentadora dulzura y su melancolía. Conocía su simplicidad; su modelo, sin duda, era la *Oda a la alegría* de Beethoven. La primera línea: unas cuantas notas ascendentes, unas cuantas notas descendentes... Hasta podía ser una melodía infantil. Carecía de toda pretensión, y sin embargo entrañaba tal carga espiritual... Clive se puso en pie para recibir el almuerzo de manos de la camarera, que acababa de salir expresamente para entregárselo. Tal era –siguió diciéndose– la elevada naturaleza de su misión, y de su ambición. Beethoven. Se arrodilló en el suelo de grava del aparcamiento y metió con cuidado en la mochila los sándwiches de queso rallado.

Se echó la mochila al hombro y enfiló el sendero que se adentraba en el valle. Durante la noche había llegado de la zona de los lagos un frente cálido, y la escarcha había desaparecido de los árboles y de la pradera contigua al arroyo. El manto de nubes estaba alto y era de una tonalidad uniformemente gris; la luz era plana y clara, y el sendero estaba seco. Las condiciones no solían ser mucho mejores a finales del invierno. Calculó que aún le quedaban unas ocho horas de luz diurna, y sabía que si dejaba los altos páramos y volvía al valle un poco antes del anochecer, podría encontrar el camino de vuelta con la ayuda de una linterna. Tenía, por tanto, tiempo para subir al Scafell Pike; de todas formas, tomaría la decisión cuando estuviera en Esk Hause.

Durante la primera hora de marcha, después de haber torcido hacia el sur para adentrarse en Langstrath, sintió, pese a su optimismo, que se apoderaba de él la desazón de la soledad de los espacios abiertos. Se vio arrastrado con impotencia hacia una suerte de ensoñación, una rebuscada historia de alguien que se escondía tras una roca y se quedaba al acecho para matarle. De cuando en cuando, Clive volvía la cabeza para mirar por encima del hombro. Conocía bien esa sensación; estaba acostumbrado a aquellas caminatas en solitario. Siempre se resistía a dejarse vencer: caminar, alejarse de la gente más cercana, de cualquier refugio, del calor y la posibilidad de obtener ayuda, era un acto de voluntad, una lucha contra el instinto. El sentido de la proporción, habituado a las perspectivas cotidianas de habitaciones y calles, se veía violentado de pronto por un vacío inmenso. Aquella masa de roca que se alzaba en lo alto del valle era como un largo y ceñudo entrecejo hecho de piedra. El sibilante ruido del arroyo era el lenguaje de la amenaza. Su ánimo cada vez más encogido y todas sus inclinaciones básicas le gritaban que era necio e innecesario seguir adelante, que estaba cometiendo un tremendo error.

Pero Clive siguió caminando, porque el amilanamiento y la aprensión eran precisamente el estado —la enfermedad— del que pretendía liberarse, y la prueba manifiesta de que su diario quehacer —el encorvarse al piano durante horas— lo había sumido en un progresivo encogimiento anímico. Recuperaría su dimensión, superaría el miedo. No se hallaba ante una amenaza, sólo ante una elemental indiferencia. Había peligros, por supuesto, pero tan sólo los normales, los de siempre, que en ningún caso eran terribles. Herirse en una caída, perderse, arrostrar un brusco y violento cambio de tiempo, verse sorprendido por la oscuridad de la noche... Si lograba orillar todo esto podría recuperar la sensación de control perdida. Pronto aquel medio rocoso se despojaría de todo sentido humano, y el paisaje asumiría toda su belleza y lo acogería en su seno; la inmemorial edad de las montañas y la fina urdimbre de las cosas vivientes que las poblaban le recordarían que era parte de aquel orden —una parte insignificante—, y esa vivencia lo haría libre.

Aquel día, sin embargo, tal proceso benéfico estaba tardando en producirse más de lo acostumbrado. Llevaba andando una hora y media y seguía escrutando ciertas rocas por si ocultaban algo, seguía contemplando las grandes masas rocosas y herbosas del fondo del valle con un miedo vago, y seguía turbado por pasajes de su conversación con Vernon. Los espacios abiertos, que debían empequeñecer tan sólo sus preocupaciones, lo empequeñecían todo; hasta sus afanes parecían vanos. En especial las sinfonías: endebles estallidos, grandilocuencia, tentativas de levantar un templo de sonido condenadas al fracaso. Apasionados afanes. ¿Para qué? Dinero. Respeto. Inmortalidad. Un modo de negar el azar que nos ha generado a todos los humanos, de mantener a raya el miedo a la muerte. Se agachó para apretarse los cordones de las botas. Un poco más adelante se quitó el jersey, bebió ávidamente de la cantimplora tratando de quitarse del paladar el sabor del arenque ahumado que tan poco sensatamente había comido en el desayuno. Luego se sorprendió bostezando y pensando en la cama de su pequeño cuarto de hotel. Pero no era lógico que se sintiera cansado; no podía echarse atrás después de todo el esfuerzo que le había costado llegar hasta aquel punto.

Llegó a un puente que cruzaba el arroyo, y se detuvo para sentarse unos instantes. Debía tomar una decisión. Podía cruzar por allí y hacer un rápido ascenso hasta Stake Pass por la cara izquierda del valle; o continuar hasta el final del valle y trepar unos cien metros de empinada ladera hasta Tongue Head. No le apetecía un ascenso excesivamente descansado, pero tampoco una escalada que pudiera obligarle a ceder ante la debilidad (o la edad). Finalmente decidió seguir el curso del río: el intenso ejercicio de una dura ascensión podía ayudarle a sacudirse aquella especie de letargo.

Una hora más tarde había llegado al otro extremo del valle, y al encontrarse ante la primera pendiente escarpada comenzó a lamentar haber optado por aquella alternativa. Ahora, además, caía una fuerte lluvia, y aunque se apresuró a ponerse el caro impermeable que llevaba en la mochila, sabía que el esfuerzo físico del ascenso no tardaría en hacerle entrar en calor. Evitando caminar por las resbaladizas rocas, tomó un rumbo de abruptos terraplenes tapizados de hierba, y al cabo de unos minutos el sudor le corría por la frente y se le metía en los ojos, junto con la lluvia. Le preocupaba que su pulso se hubiera acelerado tanto en tan poco tiempo, y el verse obligado a pararse para tomar aliento cada tres o cuatro minutos. Una ascensión como aquélla debía estar perfectamente dentro de sus posibilidades. Bebió de la cantimplora y siguió marchando, aprovechando su soledad para lanzar gruñidos y lamentarse en voz alta cada vez que acometía un tramo difícil.

De haber estado acompañado quizá habría bromeado sobre las humillaciones derivadas de ser cada vez más viejo. Pero en los últimos tiempos no le quedaba ningún buen amigo en Inglaterra que compartiera su vocación montañera. Todos sus conocidos parecían felices de vivir sin necesidad de espacios abiertos (algún restaurante rural, Hyde Park en la primavera..., ésa era toda la naturaleza que parecían precisar). Seguramente no podrían alardear de estar enteramente vivos. Sudoroso, empapado, jadeante, logró auparse trabajosamente hasta una cornisa herbosa y se tendió en ella boca abajo, refrescándose la cara contra la hierba mientras la lluvia le caía sobre la espalda, y dedicó gruesas invectivas a sus amigos por su embotamiento, por su falta de apetito de vivir. Le habían fallado. Nadie sabía dónde estaba y a nadie le importaba lo más mínimo.

Al cabo de unos cinco minutos de escuchar el martilleo de la lluvia sobre su impermeable, se puso de pie y prosiguió el ascenso. ¿Se podía considerar el Distrito de los Lagos naturaleza en estado virgen? ¿Tan hollada por los caminantes, con todos sus accidentes –hasta el más insignificante– tan «etiquetados» y petulantemente celebrados? En realidad no era más que un gigantesco gimnasio de color pardo, y sus pendientes y terraplenes un bastidor de barras de pared cubierto de hierba. Aquello no era sino una tabla de gimnasia bajo la lluvia. A medida que ascendía hacia el paso entre los altos riscos, siguieron asaltándole otros pensamientos debilitadores, pero cuando ganó altura y la marcha se hizo menos dificultosa, cuando la lluvia cesó y un largo claro entre las nubes le concedió la exigua consolación de un sol diluido y tenue, empezó a suceder: empezó a sentirse bien. Tal vez no fuera sino el efecto de las endorfinas liberadas por el intenso ejercicio muscular, o sencillamente que al fin había dado con su ritmo. O era quizá que había arribado al fin a ese momento de gozo de la marcha montañera en que se llega a un desfiladero y se empieza a cruzar la línea divisoria de las aguas, y a lo lejos comienzan a perfilarse nuevas cimas: Great End, Esk Pike, Bowfell... Ahora las montañas eran de una gran belleza.

El terreno se había vuelto llano, y Clive se abrió paso a través de las matas de hierba hacia la senda que solían tomar los caminantes para la ascensión desde Langdale. En verano era un camino profusa y enojosamente transitado, pero aquel día sólo vio a una solitaria figura de azul que cruzaba el alto y anchuroso páramo en dirección a Esk Hause. Apretaba decididamente el paso, como si se dirigiera hacia una cita. Cuando el caminante se acercó, Clive comprobó que era una mujer, lo que le llevó a imaginar que él era su hombre, que era la persona de la cita a la que ella parecía dirigirse con tanta impaciencia. Él la esperaba junto a una solitaria laguna de montaña, la llamaba por su nombre al verla acercarse, sacaba de la mochila el champán y las dos copas largas y plateadas, se dirigía hacia ella... Clive nunca había tenido una amante o una esposa a la que le gustara la marcha. Susie Marcellan, siempre dispuesta a intentar cosas nuevas, le acompañó una vez al Catskills, y al cabo resultó ser una indefensa exiliada de Manhattan que se pasaba todo el día quejándose cómicamente de los bichos, las ampollas y la falta de taxis por aquellos pagos.

Cuando llegó al sendero, la mujer le llevaba más de medio kilómetro de ventaja, y empezaba a torcer hacia la derecha y desaparecer camino de Allen Crags. Clive se detuvo unos instantes para dejar que se alejara y poder hacer el ascenso en solitario. La larga grieta entre nubes se hacía más grande por momentos, y a su espalda, en Rosthwaite Fell, una lengua de luz sobre los helechos arrancó de la tonalidad general parda vivas coloraciones rojas y amarillas. Se quitó el impermeable y lo metió en la mochila, y consideró la ruta a tomar mientras comía una manzana. Se decidió por el Scafell Pike; de hecho se sentía impaciente por emprender su ascenso. El camino más rápido arrancaba de Esk Hause, pero ahora que había entrado en calor pensó que sería preferible seguir en dirección noroeste, bajar hasta Sprinkling Tarn, continuar bajando por Sty Head y acometer el largo ascenso por Corridor Route. Si al llegar a Great End volvía a casa por la ruta empleada en el ascenso, por el Langstrath, estaría en el hotel para la caída de la tarde.

Salió sin forzar el paso hacia la ancha y tentadora cima de Esk Hause, sintiendo que no había tanta diferencia física entre él y su ser de treinta años, después de todo, y que no era la falta de fuerza muscular sino el alicaído ánimo lo que le había estado frenando. ¡Qué fuertes sentía las piernas ahora que su ánimo había mejorado!

Sorteando los anchos surcos de la erosión producida por los caminantes, describió una amplia curva hacia la

96

cresta que divisaba más adelante, y, como a menudo le sucedía, pensó en su vida desde otra perspectiva más amable, solazándose con los recuerdos de sus éxitos más recientes: la reedición discográfica de una pieza orquestal de su época temprana, una cuasi reverencial mención de su trabajo en el dominical de un periódico importante, la sensata y humorística alocución que había dirigido al entregar el premio de composición a un colegial estupefacto. Clive pensó en su trabajo: en su totalidad, en cuán variado y rico le parecía siempre que era capaz de levantar la cabeza para verlo desde una perspectiva larga, en cómo constituía un compendio de la historia de su vida. Y aún le quedaba tanto por hacer... Pensó con afecto en la gente que había pasado por su vida. Quizá había sido demasiado duro con Vernon, que lo único que intentaba era salvar su periódico y proteger a su país de la inclemente política de Garmony. Telefonearía a Vernon aquella misma noche. Su amistad era demasiado importante para que se fuera al traste por una disputa aislada. Seguro que ambos estaban de acuerdo en que podían discrepar y seguir siendo amigos.

Sus benévolos pensamientos le llevaron al fin hasta la cresta, desde donde se disfrutaba de una vista del largo descenso hacia Sty Head, y lo que vio al llegar le hizo lanzar un grito de irritación. Diseminado a lo largo de kilómetro y medio, como una hilera de brillantes y fluorescentes puntos anaranjados, azules y verdes que descollaban en el paisaje, avanzaba un grupo de excursionistas. Eran colegiales –acaso un centenar– que se dirigían hacia la laguna de montaña. Le llevaría como mínimo una hora adelantar a todo el grupo. El paisaje, de pronto, se había transformado: ahora era un lugar domesticado, un lugar hermoso hollado por el hombre. Sin siquiera darse tiempo para reflexionar sobre un tema tan recurrente en él –la estupidez, la polución visual de aquellos anoraks fosforescentes, la proclividad de la gente a salir en grupos tan mastodónticamente numerosos–, cambió el rumbo y enfiló hacia la derecha, hacia Allen Crags, y en cuanto perdió de vista a aquel grupo recuperó el buen humor. Se ahorraría el trabajoso ascenso al Scafell Pike, y emprendería el regreso sin prisas a lo largo de la cresta y ladera abajo por Thornythwaite Fell hacia el fondo del valle.

En cuestión de minutos se vio en lo alto del risco recuperando el aliento y felicitándose por el cambio de itinerario. Tenía ante sí lo que Wainwright, en *Los altos páramos de la región sur*, describía como un paraje «lleno de interés»: el sendero subía y bajaba bordeando pequeñas lagunas y pantanos y afloramientos rocosos y breves mesetas de piedra hasta alcanzar las cimas de Glaramara. Era la vista cuya evocación había logrado sosegarle hacía una semana cuando trataba de dormirse.

Llevaba caminando un cuarto de hora y se hallaba subiendo una pendiente que acababa en una gran losa jaspeada e inclinada cuando por fin, tal como esperaba, le sucedió. Se deleitaba en su soledad, feliz en su propio cuerpo y alborozadamente distraído, cuando oyó la música que había estado buscando (o cuando menos un barrunto que le posibilitaría luego desarrollarla).

Le llegó en forma de dádiva. Un gran pájaro gris que instantes antes se había alzado con ruido al acercarse Clive, ganó altura y se alejó sobrevolando el valle mientras emitía un canto aflautado de tres notas que él enseguida reconoció como la inversión de una línea que había escrito para *piccolo*. Cuán elegante, cuán sencillo. Con sólo invertir la secuencia se daba lugar al tema de una sencilla y bella canción en cuatro por cuatro que casi podía ya escuchar. No totalmente, empero. Le vino a la mente la imagen de una escala desplegada desde la trampilla de un altillo o desde la portezuela de una avioneta. Una nota sugería la siguiente en una suerte de encadenamiento. Lo oyó, lo aprehendió, y luego lo perdió. Le quedó el punzante poso de su persistencia en el oído, y el evanescente timbre de una breve melodía triste. Y tal sinestesia se le antojó un tormento. Aquellas notas dependían unas de otras cabalmente, como pulidos goznes que permitieran el perfecto giro en arco de la melodía. Casi pudo volver a oírla al poner pie sobre la losa inclinada, e hizo un alto para coger papel y lápiz. No era *totalmente* triste; también había en ella alegría, un decidido optimismo opuesto a todo pronóstico adverso. Y valor.

Empezaba ya a escribir los fragmentos de lo que había oído, con la esperanza de poder crear luego el resto, cuando de pronto fue consciente de otro sonido. No lo había imaginado, y no era el canto de un pájaro sino el murmullo de una voz. Estaba tan absorto que casi se resistió a levantar la mirada, pero al final no pudo evitarlo. Atisbó por encima de la parte más alta de la losa, que sobresalía suspendida sobre un declive cortado a pico de unos diez metros, y se vio contemplando una laguna en miniatura, apenas más grande que una gran charca. De pie sobre la hierba que rodeaba la orilla opuesta, estaba la mujer a quien antes había visto caminar con prisa, la mujer vestida de azul. Frente a ella había un hombre que hablaba en tono monocorde y bajo y cuyo atuendo, ciertamente, no era el más idóneo para el excursionismo. Su cara era larga y delgada, como la de un animal de hocico puntiagudo. Llevaba una vieja chaqueta de tweed, pantalones grises de franela, una gorra plana de tela y un sucio trapo blanco alrededor del cuello. Un granjero de las colinas, probablemente, o un amigo que detestaba el excursionismo y el equipo que llevaba aparejado y había subido a encontrarse con ella. La cita que Clive había imaginado hacía un rato.

Aquella brusca visión, aquellas dos vívidas figuras entre las rocas parecían estar allí sólo para que él pudiera verlas. Eran como actores que estuvieran escenificando un cuadro cuyo sentido él debía adivinar, como si lo que hacían no lo hicieran del todo en serio, como si fingieran no saber que él les estaba observando. Fuera lo que fuera lo que estuvieran haciendo, el inmediato pensamiento de Clive fue tan claro y conciso como un letrero de neón: *Yo no estoy aquí.*

Se agachó para no ser visto y siguió con sus notas. Si ahora lograba trasladar al papel los elementos que ya conocía, luego podría buscar tranquilamente un rincón idóneo más allá del risco y trabajar en lo que le faltaba por descifrar. Cada vez que oía la voz de la mujer, hacía caso omiso de ella. Ya resultaba bastante arduo volver a «capturar» lo que tan nítido le había parecido minutos antes. Durante un rato anduvo a tientas, y al cabo volvió a dar con ello: aquella calidad de superposición, tan patente cuando la tenía ante él, tan huidiza en cuanto su atención cedía. Tachaba notas con la misma rapidez con que las escribía, pero cuando oyó que la voz de la mujer se convertía en un repentino grito su mano se heló en el aire.

Sabía que era un error, sabía que debía haber seguido escribiendo aquellas notas, pero no pudo evitarlo y se apresuró a mirar por encima de la losa. La mujer se había dado la vuelta y ahora miraba en dirección a la losa. Debía de tener –calculó Clive– unos treinta y tantos años. Su cara, de aire como de muchacho, era menuda y morena, y el pelo ondulado y negro. Ella y el hombre se conocían, pues estaban discutiendo (una pelea conyugal, probablemente). Ella había dejado la mochila en el suelo y se encaraba con el hombre en actitud desafiante, con los pies separados, las manos en las caderas y la cabeza ligeramente echada hacia atrás. El hombre avanzó un paso hacia ella y la agarró por el codo. Ella se zafó de su garra sacudiendo bruscamente el brazo hacia abajo. Luego gritó algo, cogió la mochila del suelo y trató de echársela al hombro. Pero él la había cogido por el otro extremo y tiraba de ella para arrebatársela. Durante unos segundos pelearon por la mochila, y la zarandearon a derecha e izquierda. Al final el hombre se hizo con ella, y con un solo movimiento despectivo, un simple giro de muñeca, la arrojó al agua, donde cabeceó unos instantes sobre la superficie de la laguna y empezó a hundirse despacio.

La mujer dio unos pasos rápidos y se metió en el agua, pero luego cambió de idea. Cuando volvió sobre sus pasos, el hombre quiso volver a agarrarle el brazo. En ningún momento habían dejado de hablar, de discutir, pero el sonido de sus voces sólo llegaba hasta Clive de forma intermitente. Allí tendido sobre la losa, con el lápiz entre los dedos y el cuaderno en la otra mano, lanzó un suspiro. ¿Iba a intervenir? Imaginó que corría hacia ellos pendiente abajo. En el instante de llegar hasta ellos las posibilidades se abrirían en abanico: el hombre huía, la mujer le daba las gracias y ambos bajaban juntos hasta la carretera que llevaba a Seatoller (incluso este desenlace –el menos probable de todos– daría al traste con su inspiración); pero lo más probable era que el hombre desviara su agresividad hacia Clive, mientras la mujer se quedaba quieta, mirándoles con impotencia; o complacida, porque también podía suceder que ambos estuvieran muy unidos y se volvieran contra él por osar inmiscuirse en sus asuntos.

La mujer volvió a gritar, y Clive, pegado contra la losa, cerró los ojos. Algo precioso –la pequeña joya de su reciente inspiración– se alejaba más y más de su persona. Antes había barajado otra alternativa: la de bajar hacia Sty Head, adelantar a los colegiales de anorak fosforescente y subir por Corridor Route rumbo a Scafell Pike. Si lo hubiera hecho, lo que estaba sucediendo allí abajo, junto a la laguna —fuera lo que fuere—, seguiría inexorablemente su curso mientras él seguía la otra ruta. El destino de ellos, *su* destino... La joya, la melodía. Su capital importancia le urgía a no moverse. Dependía tanto de ella: la sinfonía, la celebración, su reputación, la oda a la alegría de aquel siglo que moría. No tenía la menor duda de que las notas que acababa de entreoír eran lo más importante del mundo en aquel momento. En su simplicidad descansaba la autoridad de toda una vida de trabajo. Tampoco le cabía duda alguna de que no se trataba de una pieza musical que sencillamente «esperaba ser descubierta»: lo que había estado haciendo, hasta la irrupción de la pareja que peleaba junto a la laguna, era *crearla*, forjarla a partir del canto de un pájaro, sacar partido de la pasividad alerta de su mente creadora y comprometida. Lo que ahora veía claro era que se encontraba ante una disyuntiva: bajar a proteger a la mujer —si es que necesitaba ser protegida—, o alejarse sigilosamente rodeando Glaramara hasta encontrar un lugar recoleto donde proseguir su trabajo (si es que éste no se había ido definitivamente al traste después del incidente). Lo que no podía hacer era seguir allí sin hacer nada.

Al oír una voz airada abrió los ojos y se deslizó hasta el borde de la losa para volver a echar una ojeada. El hombre había agarrado a la mujer por la muñeca, y trataba de arrastrarla por la orilla de la laguna hacia el abrigo formado por una escarpada cara de roca y la losa sobre la que Clive les observaba. La mujer se resistía y arañaba el suelo con la mano libre, quizá buscando una piedra con la que defenderse, lo que hacía que el hombre pudiera arrastrarla con más facilidad a lo largo de la orilla. La mochila se había hundido ya en el agua. El hombre no dejaba de hablarle en ningún momento, y su voz había vuelto a adoptar el tono apagado y monocorde de antes. Ella emitió de pronto un gemido suplicante, y Clive, entonces, supo exactamente lo que haría. Mientras bajaba con cuidado por la losa comprendió que todas aquellas vacilaciones no habían sido sino una farsa. Había decidido lo que iba a hacer desde el momento mismo en que se había visto interrumpido.

Una vez en terreno llano, desanduvo apresuradamente el camino que le había llevado hasta la losa, y luego bajó por el lado oeste del risco describiendo un amplio rodeo en arco. Veinte minutos después encontró una roca lisa y plana donde trabajar cómodamente y se agachó sobre ella para seguir componiendo. Ya no quedaba ni rastro de su anterior barrunto. Trató denodadamente de hacer que aquellas notas volvieran, pero su concentración se veía lastrada por otra voz: la insistente voz interior de la autojustificación: fuera lo que fuere lo que hubiera supuesto su intervención en aquella disputa ajena –violencia (o al menos una amenaza de ella), o una embarazosa petición de disculpas, o, en última instancia, su declaración en la comisaría de policía–, habría arruinado por completo un instante crucial de su carrera. La melodía no habría sobrevivido a toda aquella conmoción psíquica. Dada la anchura de aquella cresta montañosa y los numerosos senderos que la surcaban, cuán fácilmente podía no haberse encontrado con ellos... Era como si no hubiera estado allí. De hecho no estaba allí: estaba en su música. Su sino, el sino de ellos... Dos sendas separadas. Lo de aquella pareja no era asunto suyo. Lo que ahora estaba haciendo sí era asunto suyo, y no era fácil, y no pedía ayuda a nadie para llevarlo a cabo.

Al final consiguió calmarse y empezar a trabajar desde el principio. Tenía las tres notas del canto del pájaro; tenía la inversión de esas tres notas para el *piccolo;* y tenía el comienzo de aquellos peldaños que se desplegaban y superponían...

Se quedó allí, encorvado sobre el cuaderno, por espacio de una hora. Al final se metió el cuaderno en el bolsillo y echó a andar a paso rápido, manteniéndose todo el rato en el lado oeste de la cresta. Luego descendió a los páramos; siguió bajando, y tres horas después llegó al hotel, y en aquel momento empezó de nuevo a llover. Razón de más para cancelar lo que le quedaba de estancia y hacer el equipaje y pedir a la camarera que llamara a un taxi. Había conseguido lo que quería del Distrito de los Lagos. Reanudaría el trabajo en el tren, y cuando estuviera en casa llevaría al piano la sublime secuencia de notas y la delicada armonía que había escrito para ellas, y liberaría su belleza y su tristeza.

Sin duda era la exaltación creativa lo que le hacía pasearse de un lado a otro del exiguo bar del hotel mientras esperaba al taxi. De vez en cuando se paraba para contemplar el zorro disecado, que seguía al acecho en medio de un eterno follaje. Fue la exaltación la que le hizo salir al camino un par de veces para ver si llegaba el taxi. Deseaba con todas sus fuerzas salir de aquel valle. Cuando le anunciaron que el taxi había llegado, salió apresuradamente y echó la bolsa de viaje sobre el asiento trasero y le dijo al taxista que se diera prisa. Quería alejarse, estar en el tren, rumbo al sur, lejos de los Lagos. Quería volver al anonimato de la ciudad, al confinamiento de su estudio, y –había pensado en ello detenidamente– no le cabía la menor duda de que era la exaltación creativa la que le hacía sentirse así, no la vergüenza.

IV

1

Rose Garmony se despertó a las seis y media y, antes incluso de que sus ojos estuvieran completamente abiertos, acudieron a su mente –a la *lengua* de su mente– los nombres de tres niños: Leonora, John, Candy. Con sumo cuidado para no despertar a su marido, se deslizó fuera de la cama y alcanzó la bata. La noche anterior, antes de dormirse, había releído las notas, y por la tarde se había reunido con los padres de Candy. Los otros dos casos eran rutinarios: una broncoscopia tras obstrucción por un grano de cacahuete en las vías respiratorias y un drenaje a causa de un absceso pulmonar. Candy era una menuda y apacible chiquilla antillana cuyo pelo había sido peinado hacia atrás y sujetado con una cinta por su madre en el curso de las sombrías rutinas de una larga enfermedad. La operación a corazón abierto duraría como mínimo tres horas, tal vez cinco, y el resultado era incierto. Su padre tenía una tienda de comestibles en Brixton, y la tarde anterior había llevado a la consulta una cesta de piñas, mangos y uvas a modo de ofrenda propiciatoria al salvaje dios del bisturí.

El aroma de esas frutas anegaba la cocina cuando la señora Garmony entró descalza en ella para hacerse una tetera. Mientras se calentaba el agua, cruzó el estrecho vestíbulo del apartamento y entró en su despacho, donde metió sus cosas en el maletín y volvió a echar una ojeada a las notas. Devolvió una llamada telefónica al presidente del partido, y luego escribió una nota a su hijo, que dormía en el cuarto de invitados. Luego volvió a la cocina a preparar el té. Se sirvió una taza y fue hasta la ventana, y, sin descorrer la cortina de encaje, se puso a mirar la calle. Contó ocho en la acera de Lord North Street, tres más que el día anterior a la misma hora. Aún no se veía ninguna cámara de televisión, ni a ninguno de los policías que el ministro del Interior les había prometido personalmente. Debería haber hecho que Julian se quedara en Carlton Gardens, y no allí, en su apartamento de soltera. Se suponía que aquellos tipos competían entre sí, pero en aquel momento formaban un grupo informal y comunicativo, como varones a la puerta de un pub una noche de verano. Uno de ellos estaba arrodillado en el suelo y ataba algo a un mástil de aluminio. Luego se puso en pie y escrutó la ventana, y al parecer alcanzó a ver a la señora Garmony. Ella, al poco, vio con semblante inexpresivo cómo se acercaba hacia ella una cámara que se bamboleaba en el aire mientras desplegaba su objetivo. Cuando la tuvo casi a la altura de la cara, se apartó de la ventana y subió a su habitación para vestirse.

Un cuarto de hora más tarde volvió a echar una ojeada, esta vez desde la ventana del salón, dos plantas más arriba. Se sentía exactamente como le gustaba sentirse antes de un día difícil en el hospital infantil: en calma, alerta, impaciente por dar comienzo a su jornada de trabajo. La noche anterior no habían tenido invitados, no habían bebido vino en la cena, había dedicado una hora a las notas y había dormido siete horas de un tirón. No permitiría que nada quebrara tal estado anímico, así que se quedó mirando al grupo –ahora eran nueve– con una fascinación controlada. El hombre había dejado caer su mástil extensible y lo había apoyado contra los raíles. Un colega se acercaba con una bandeja con cafés del local de «comida para llevar» de Horseferry Road. ¿Qué esperaban conseguir que no tuvieran ya? A aquellas tempranas horas de la mañana..., ¿qué satisfacción podían obtener de aquel tipo de trabajo? ¿Por qué se parecían tanto todos aquellos frecuentadores de umbrales ajenos? Parecían salidos de un mismo y diminuto charco genético humano. Hombres de cara grande, prepotentes, con papada y chaquetas de cuero, que hablaban con el mismo acento, una extraña mezcla de falso *cockney*[1] y falsa distinción que utilizaban con el mismo aullido quejumbroso y beligerante:

–¡Eh, mire hacia aquí, por favor, señora Garmony! ¡Rose!

Una vez vestida y preparada para salir, llevó el té y los periódicos de la mañana a su marido. Entró en el dormitorio a oscuras y, a los pies de la cama, dudó unos instantes. Últimamente Julian lo había pasado tan horriblemente mal que se sentía reacia a despertarle una vez más a aquella realidad. La noche anterior Julian había regresado a Londres en coche desde Wiltshire, y se había quedado hasta muy tarde bebiendo whisky y viendo un vídeo de *La flauta mágica* de Bergman. Luego sacó todas las cartas de Molly Lane, las que tan estúpidamente se plegaban a los grotescos antojos de su amante. Aquel episodio, a Dios gracias, había acabado. A Dios gracias, la mujer estaba muerta. Rose sabía que las cartas seguían diseminadas por la alfombra, y que Julian tendría que recogerlas y guardarlas antes de que llegara la señora de la limpieza. Sólo se le veía la parte alta de la cabeza sobre la almohada: cincuenta

---

1. Dialecto de ciertos barrios populares de Londres. *(N. del T.)*

y dos años, y el pelo aún negro. Se lo acarició, despeinándole. A veces, en las rondas del hospital, alguna enfermera despertaba de este modo a algún niño para el reconocimiento, y a Rose siempre le conmovían esos segundos de confusión en los ojos del pequeño, cuando se daba cuenta de que no estaba en casa y de que la caricia no era de su madre.

–Cariño –le susurró.

La voz de Julian le llegó amortiguada por el edredón de invierno:

–¿Están ahí fuera?

–Sí. Nueve.

–Joder.

–Tengo que irme volando. Te llamaré por teléfono. Tómate esto.

Julian apartó el edredón y las mantas de la cara y se incorporó sobre la cama.

–Sí, claro. Esa niña... Candy. Buena suerte.

Se besaron rozándose los labios mientras ella le hacía coger la taza con las manos. Le puso la mano en la mejilla y le recordó las cartas que había dejado tiradas sobre la alfombra. Luego salió del cuarto sin hacer ruido y bajó a telefonear a su secretaria del hospital. En el vestíbulo se puso un grueso abrigo de lana, se miró en el espejo, y estaba a punto de coger el maletín, las llaves y la bufanda cuando cambió de opinión y volvió a subir al dormitorio. Lo encontró como imaginaba que estaría: echado sobre la espalda, con los brazos extendidos, dormitando, con el té enfriándose junto a un montón de memorándums del Ministerio. La semana anterior, con la crisis, con las fotos que iban a publicar al día siguiente, viernes, no había habido tiempo material para que ella pudiera o quisiera hablarle de sus casos, y aunque Rose sabía que era una de sus destrezas de político –la de recordar los nombres de la gente–, le había conmovido que hubiera hecho el esfuerzo de recordar el de la niña enferma. Le tocó la mano y susurró:

–Julian...

–Oh, Dios –dijo él sin abrir los ojos–. La primera reunión es a las ocho y media. Tendré que pasar por delante de esas víboras.

Y ella le habló con la voz que empleaba para tranquilizar a los padres desesperados: lenta, suave, etéreamente, en lugar de en tono grave.

–Todo va a ir bien, no te preocupes.

Julian le sonrió con absoluto escepticismo. Y ella se inclinó sobre él y le dijo al oído:

–Confía en mí.

Abajo, volvió a mirarse en el espejo. Se abotonó el abrigo hasta arriba y se arropó el cuello con la bufanda para ocultarse la mitad de la cara. Cogió el maletín y salió del apartamento. En el vestíbulo del edificio, se detuvo unos instantes ante la puerta principal, con la mano en el pomo, y se preparó para abrirla y salir a la carrera hacia el coche.

–¡Eh, Rosy! ¡Aquí! ¡Ponga cara de tristeza, señora Garmony!

2

Aproximadamente a la misma hora y a cinco kilómetros de distancia, Vernon Halliday se despertaba y volvía a sumirse en sueños en los que corría, o en recuerdos de estar corriendo vivificados por el halo onírico, sueños-recuerdos de ir corriendo por pasillos de polvorientas moquetas rojas en dirección a la sala de juntas, *tarde,* otra vez tarde, tarde hasta el punto de parecer despectivo, corriendo desde la última reunión a la presente, con otras siete por delante hasta la hora del almuerzo, apenas apretando el paso a ojos de los demás pero corriendo a toda velocidad anímicamente, toda la semana, exponiendo sus argumentos ante los furiosos «gramáticos», y luego el escéptico consejo de administración de *El Juez,* y su plana mayor de producción con sus abogados, y él con el suyo propio, y luego la gente de George Lane y el consejo de prensa y un auditorio televisivo en vivo y en directo e infinidad de estudios de radio poco memorables y de aire viciado... Su invocación del interés público para justificar la publicación de las fotografías era más o menos pareja a la que había esgrimido ante Clive, pero con más empaque, con mayor extensión y rapidez, con mayor urgencia y precisión y profusión de ejemplos, con cuadros y gráficos y hojas estadísticas y precedentes tranquilizadores. Pero la mayor parte del tiempo corría, corría llamando a taxis con la mano, con riesgo de ser atropellado, en medio de calles atestadas de viandantes y de tráfico; se apeaba precipitadamente de taxis y cruzaba a la carrera vestíbulos de mármol y entraba y salía de ascensores y recorría pasillos exasperantemente inclinados hacia arriba que le obligaban a lentificar el paso y le hacían llegar tarde. Se despertó brevemente y advirtió que Mandy, su mujer, se había levantado ya. Luego sintió cómo sus ojos se cerraban y volvía a hundirse en el sueño. Ahora sostenía por encima de la cabeza su cartera de mano mientras cruzaba una corriente de agua, o de sangre, o de lágrimas que fluía sobre una alfombra roja que le conducía hasta un anfiteatro, donde subía a un podio para exponer sus argumentos mientras en torno se hacía un silencio que se cernía sobre él como una bóveda de secuoyas, y en la penumbra había docenas de ojos esquivos, y alguien se alejaba de él caminando sobre un serrín circense, alguien que se parecía a Molly pero que no respondía cuando le llamaba.

Al cabo despertó a la calma de los sonidos matinales: cantos de pájaros, el sonido distante de la radio de la cocina, el amortiguado ruido de la puerta del aparador al cerrarse. Apartó las mantas y se quedó boca arriba, desnudo, sintiendo cómo el aire caldeado por la calefacción central le secaba la humedad pegajosa del pecho. Sus sueños no eran sino una deformación caleidoscópica de su última semana, una acertada apostilla sobre su ritmo y sus demandas emocionales, pero omitían —con el irreflexivo sesgo parcial del inconsciente— la estrategia, la motivación cuyo desarrollo lógico le había ayudado a mantenerse cuerdo. Las fotografías verían la luz al día siguiente, viernes, aunque se reservarían una para el lunes, después del fin de semana (para mantener vivo el *suspense* de la historia). La historia, sin embargo, no podía tener más vida, no paraba de «patalear», e incluso era más veloz que Vernon. Desde la recepción del mandamiento judicial, *El Juez* llevaba días aireando el caso Garmony, azuzando y poniendo a punto la curiosidad pública, de forma que aquellas fotografías que nadie había visto habían llegado a ser un elemento inevitable en el mundillo político, desde el Parlamento al pub, un tema de discusión general, algo sobre lo que ningún agente social de importancia podía dejar de emitir una opinión. El periódico había cubierto las batallas judiciales, el gélido apoyo de sus fraternales colegas del gobierno, la indecisión del primer ministro, la «seria preocupación» de las figuras más prominentes de la oposición y las cavilaciones de las grandes personalidades del país. *El Juez* había abierto sus páginas a las protestas de quienes se oponían a tal publicación, y había patrocinado un debate televisivo sobre la necesidad de una ley protectora de la intimidad.

Pese a las voces discrepantes, se iba creando un amplio consenso en varios sentidos: *El Juez* era un periódico honesto y luchador, el gobierno llevaba en el poder demasiado tiempo y era financiera, moral y sexualmente corrupto, y Julian Garmony era un lógico producto de él, un personaje infame cuya cabeza debía ser sacrificada con urgencia. La tirada aumentó en cien mil ejemplares en una semana, y el director empezó a comprobar que sus argumentos acallaban a los principales redactores del periódico en lugar de levantar sus protestas; en el fondo, todos querían que siguiese adelante (lo único que le exigían era que constara en acta su discrepancia de principios). Vernon les estaba ganando la partida, pues la redacción en pleno –incluidos los periodistas de rango más modesto– era ahora consciente de que podían matar dos pájaros de un tiro: salvar el periódico y mantener sin mácula sus conciencias.

Se desperezó, se estremeció, bostezó. Quedaba una hora y cuarto para la primera reunión. Pronto se levantaría para ducharse y afeitarse; ahora disfrutaba del único momento del día en que podía estar tranquilo. Su desnudez sobre la sábana, el sensual amasijo de mantas junto a los tobillos y la visión de sus propios genitales, a su edad aún no «eclipsados» por la hinchazón y la expansión del vientre, le suscitaban vagos pensamientos sexuales que fluctuaban despacio por su mente como remotas nubes de verano. Pero Mandy estaría ya saliendo para el trabajo, y su más reciente amiga Dana, que trabajaba en la Cámara de los Comunes, no regresaría del extranjero hasta el jueves. Se dio la vuelta hacia un costado y se preguntó si le apetecía masturbarse, si le vendría bien para aclararse la mente y poder enfrentar debidamente los asuntos que le esperaban. Se acarició distraídamente unas cuantas veces, y al final lo dejó. Aquellos días, al parecer, carecía de la entrega y la claridad o vacuidad de mente necesarias, y el acto mismo se le antojaba curiosamente anticuado y poco viable, como encender un fuego frotando dos palos.

Además, en la vida de Vernon había últimamente tanto en qué pensar, en el mundo real había tantas cosas tan apasionantes. La mera fantasía no podía en absoluto competir con ellas. Lo que había dicho, lo que diría —cómo había sido digerido y cómo se digeriría—, el paso siguiente, las esclarecedoras consecuencias del éxito. En el poderoso empuje acumulado a lo largo de la semana, prácticamente cada una de las horas le había revelado a Vernon nuevos aspectos de su poder y sus posibilidades, y a medida que sus dotes de persuasión y planificación empezaban a dar frutos iba sintiéndose más y más grande, y más benévolo, un tanto implacable quizá, pero a la postre bueno, capaz de seguir solo contracorriente, de ver por encima de las cabezas de sus contemporáneos, de saber que estaba a punto de moldear el destino de su país y que estaba dispuesto a asumir tal responsabilidad sobre los hombros. No sólo estaba dispuesto: *necesitaba* tal carga, su talento necesitaba aquella pesada responsabilidad que ningún otro habría sido capaz de afrontar. ¿Quién sino él había actuado tan decisivamente cuando George, ocultando su identidad tras un agente, había acudido al mercado con aquellas fotografías? Ocho periódicos habían pujado por ellas y Vernon hubo de cuadruplicar el precio original para conseguirlas. Ahora le parecían extraños y lejanos aquel entumecimiento del cuero cabelludo y aquella sensación de no existir que no mucho tiempo atrás tantos miedos de locura y de muerte le habían suscitado. La incineración de Molly le había sumido en un estado de gran excitación nerviosa. Ahora su determinación y su *ser* lo colmaban plenamente. La historia que se disponía a contar estaba llena de vida, lo mismo que su persona.

Pero había un pequeño detalle que le impedía sentirse enteramente feliz: Clive. Se había dirigido a él mentalmente tantas veces, afinando sus argumentos y añadiendo las cosas que debería haber dicho aquella noche, que casi había llegado a persuadirse de que le estaba ganando la partida, al igual que estaba derrotando a los dinosaurios del consejo de administración del periódico. Pero no habían hablado desde su vehemente altercado, y la preocupación de Vernon al respecto iba aumentando a medida que se acercaba el día de la publicación de las fotografías. ¿Reflexionaba aún Clive sobre el incidente, o estaba furioso, o seguía encerrado en el estudio, abismado en su trabajo y ajeno a los asuntos públicos? En el curso de aquella semana Vernon había pensado varias veces robar un par de minutos a su quehacer diario para llamarle por teléfono. Pero temía que cualquier nueva invectiva de Clive pudiera alterar su estabilidad emocional de cara a sus inminentes reuniones de trabajo. Vernon miró el teléfono de la mesilla, más allá de las almohadas dobladas y apiladas del otro lado de la cama, y lanzó la mano hacia él sin pensarlo. Que la reflexión previa no volviera a acobardarle y hacerle echarse atrás. Tenía que salvar su amistad con Clive. Y era preferible hacerlo con el ánimo tranquilo. Al oír el primer tono de llamada cayó en la cuenta de que apenas eran las ocho y cuarto. Era demasiado temprano. En efecto, en la confusa agitación de Clive al levantar el teléfono vio el estado cercano a la «paraplejia» de un sueño bruscamente interrumpido.

—¿Clive? Soy Vernon.

—¿Qué?

—Vernon. Te he despertado. Lo siento...

—No, no. En absoluto. Estaba aquí de pie, junto el teléfono. Pensando.

Le llegó un suave frufrú de sábanas: Clive se cambiaba de postura en la cama. ¿Por qué mentíamos tan a menudo por teléfono sobre si estábamos o no durmiendo? ¿Era nuestra vulnerabilidad lo que defendíamos? Cuando volvió a hablar, su voz ya no sonaba tan espesa.

—Llevo tiempo pensando en llamarte, pero tengo ensayos en Amsterdam la semana que viene. He estado agobiado de trabajo.

—Yo también —dijo Vernon—. Esta semana no he tenido ni un minuto libre. Verás, quería volver a hablar contigo sobre esas fotografías.

Hubo una pausa.

—Ah, sí. Las fotografías. Supongo que sigues adelante.

—He sondeado a muchísima gente y todos están de acuerdo en que debemos publicarlas. Vamos a sacarlas mañana.

Clive se aclaró la garganta sin brusquedad. Su tono al abordar el asunto era sorprendentemente tranquilo.

—Bueno, yo ya he dado mi opinión. Tenemos que ponernos de acuerdo en poder discrepar.

Vernon dijo:

—No quiero que esto se interponga entre nosotros.

—No, claro que no.

La conversación derivó hacia otros asuntos. Vernon ofreció a su amigo una reseña bastante general de sus gestiones de aquella semana. Clive, por su parte, le contó que se había pasado las noches trabajando, que estaba haciendo grandes progresos con la sinfonía, y que qué magnífica idea la de haber hecho aquella excursión al Distrito de los Lagos.

—Ah, sí —dijo Vernon—. ¿Por dónde has estado?

—Fui hasta Allen Crags. Allí es donde salí del punto muerto en que estaba. Me vino la inspiración, la melodía que...

Vernon se percató en este momento de los suaves pitidos que le anunciaban una llamada en espera. Dos, tres... Luego cesaron. Alguien de la redacción. Seguramente Frank Dibben. Era el día, el último día: el día más importante iniciaba su andadura. Se sentó desnudo en el borde de la cama, alzó la mano y miró la hora del reloj de pulsera para cotejarlo con la del despertador. Clive no estaba enfadado con él, luego todo iba bien. Ahora tenía que empezar a ponerse en marcha.

—... desde donde yo estaba no podían verme, y la cosa se estaba poniendo fea, pero tuve que tomar una decisión...

—Mmm... —repetía Vernon a intervalos de escasos segundos. Se había levantado y se hallaba a un extremo del cordón extendido del teléfono, manteniendo el equilibrio sobre un solo pie mientras trataba de acercar con el otro un juego de ropa interior de un montón de ropa limpia. No tenía tiempo de ducharse. Ni de afeitarse con agua y jabón...

—... y, no sé, pero puede que hasta acabara dándole una buena paliza... Pero repito que...

—Mmm...

Con el teléfono apretado entre el hombro y un lado de la cara, Vernon trataba de sacar una camisa de su envoltorio de celofán sin hacer excesivo ruido. ¿Era aburrimiento o sadismo lo que hacía que los operarios que empaquetaban las camisas ataran, del primero al último, todos los botones?

—... como a medio kilómetro encontré una roca, que hizo de mesa...

Vernon estaba poniéndose los pantalones cuando sonaron los pitidos de otra llamada en espera.

—Entiendo —dijo—. Una roca como mesa. Cualquier persona sensata hubiera hecho lo mismo. Pero..., mira, Clive, llego tarde al trabajo. Tengo que salir pitando. ¿Qué tal si nos tomamos una copa mañana?

—Oh, sí, muy bien. Estupendo. Pásate por casa después del trabajo.

3

Vernon se apeó con dificultad del asiento trasero del minúsculo coche que el periódico le tenía asignado y permaneció unos segundos en la acera, frente a la entrada del juzgado, para arreglarse un poco el traje arrugado. Mientras se apresuraba por el vestíbulo de mármol negro y rojo anaranjado vio a Dibben esperando junto al ascensor. Frank había llegado a subjefe de Internacional a los veintiocho años. Cuatro años y tres directores después, seguía en su puesto, y se rumoreaba que hervía de impaciencia por progresar. Le llamaban Casio, por su aspecto delgado y famélico, pero era un apodo injusto: sus ojos eran oscuros, su cara larga y pálida y su cerrada barba de varios días le daba un aire de policía de interrogatorios, pero sus modales eran corteses, aunque un tanto retraídos, y poseía una inteligencia atractiva e irónica. Vernon siempre le había detestado de un modo vago y distraído, pero había aprendido a apreciarle en los primeros días del revuelo levantado por el caso Garmony. La noche siguiente a que el sindicato presentara una moción de censura contra el director de *El Juez*, la noche siguiente al pacto entre Clive y Vernon, el joven subjefe de Internacional se había apostado en la calle a la espera de Vernon, y después de seguir durante un trecho su figura encorvada y oscura se había acercado, le había dado un golpecito en el hombro y le había sugerido tomar un trago. Había algo perentorio y persuasivo en su tono, y Vernon aceptó.

Entraron en el pub de una calle lateral en el que Vernon nunca había estado antes, un local oscuro y de ambiente cargado y lleno de humo, decorado con una especie de felpa roja muy gastada, y se sentaron en un reservado del fondo, junto a una enorme máquina de discos. Ante sendas ginebras con tónica Frank confesó a su director su callada indignación ante el giro que habían tomado las cosas. La votación de la noche anterior había sido manipulada por los sindicalistas de siempre, cuyas quejas y peleas internas se remontaban a muchos años atrás, y él, Frank, no había acudido a la reunión alegando exceso de trabajo. Había otros, dijo, que opinaban lo mismo que él, que querían que *El Juez* se dirigiera a un abanico más amplio de lectores, y se convirtiera en un diario vivo y con brío, capaz de campañas osadas como la de incriminar a Garmony, pero la retrógrada mano de los «gramáticos» se hallaba en todos los resortes del patrocinio y la promoción. La vieja guardia prefería ver morir a su periódico que permitir que pudiera ampliar su clientela a los lectores menores de treinta años. Había rechazado la implantación de tipos más grandes, y vetado la sección Estilo de vida, el horóscopo, el suplemento sobre Salud, la columna de cotilleo, el bingo virtual y el consultorio sentimental masculino, al igual que las informaciones con gancho sobre la familia real y la música pop. Y ahora perseguían la defenestración del único director que podía salvar *El Juez*. En los redactores más jóvenes alentaba un espíritu de apoyo a Vernon, pero carecían de voz. Nadie se atrevía a ser el primero en manifestarse en tal sentido, pues temían perecer en el empeño.

Sintiéndose de pronto animado y ligero, Vernon fue hasta la barra para pedir otra ronda. No había duda de que había llegado la hora de empezar a escuchar a sus redactores más jóvenes, la hora de hacerlos salir al terreno de juego. De nuevo en la mesa, vio que Frank encendía un cigarrillo y, educadamente, se daba la vuelta en la silla para echar el humo hacia el exterior del apartado. Frank aceptó el gin tónic y siguió hablando. Él no había visto las fotografías, por supuesto, pero sabía que lo correcto era sacarlas a la luz. Deseaba ofrecerle su apoyo a Vernon, y aún más: deseaba serle de utilidad, por lo que no era prudente que lo identificaran abiertamente como aliado del director. Luego se excusó y fue hasta la barra de la comida para pedir salchichas y puré de patatas, y Vernon imaginó un cuarto (amueblado, con derecho a baño y cocina) vacío, en el que ninguna chica esperaba al joven subjefe de Internacional.

Cuando Frank volvió a sentarse, dijo atropelladamente:

—Yo podría tenerte al tanto. Podría informarte de lo que dicen. Podría averiguar quiénes te apoyan realmente. Pero yo tendría que parecer neutral, al margen. ¿Te importaría que me ocupara de ello?

Vernon no se comprometió. Había bregado lo bastante como para saber que no debía asignar a nadie el papel de espía de la redacción sin antes disponer de todos los datos pertinentes. Hizo que la conversación se encaminara hacia la política de Garmony, y ambos pasaron media hora muy agradable explorando su compartido desdén por el personaje. Pero tres días después, cuando Vernon vio que debía pasar gran parte de su tiempo en los pasillos, un tanto intimidado ante el frenesí de la oposición, y empezaba —siquiera levemente— a flaquear, volvió con Dibben al mismo pub, al mismo reservado, y le mostró las fotografías. El efecto fue alentador. Frank las estudió detenidamente una por una, sin hacer ningún comentario, limitándose a sacudir la cabeza con asombro. Luego volvió a meterlas en el sobre y dijo en voz baja:

—Increíble. La hipocresía de este hombre.

Permanecieron callados, pensativos, durante unos segundos, y al cabo Frank añadió:

—Tienes que hacerlo, Vernon. No debes permitir que te lo impidan. Esto dará al traste con sus posibilidades de convertirse en primer ministro. Acabará con él por completo, de una vez por todas. Quiero ayudarte, Vernon, de veras.

El apoyo entre los redactores más jóvenes no resultó tan rotundo como Frank había aventurado, pero durante los días en que los redactores de *El Juez* tardaron en llegar a una paz unánime fue de una ayuda inestimable conocer de antemano los argumentos que les *llegaban*, que daban en el blanco. A través de sus citas con Frank junto a la máquina de discos, Vernon supo cuándo y por qué la oposición empezaba a dividirse, y cuál era el momento idóneo para exponer con firmeza sus puntos de vista. Durante la planificación y ejecución de la ofensiva, Vernon supo exactamente a quién aislar y a quién tratar de persuadir entre los «gramáticos». E incluso hizo suyas varias ideas del propio Frank, que le brindó algunas sugerencias ciertamente aprovechables. Pero, sobre todo, Vernon tenía a alguien con quien hablar, alguien que compartía su sentido de la misión y la «emoción» históricas, que comprendía instintivamente la naturaleza crucial de aquel caso y que le ofrecía aliento cuando todos los demás se mostraban tan críticos.

Con el gerente de su parte, las líneas maestras del plan trazadas, la tirada en aumento y una muda pero implacable agitación en el ánimo de la redacción, sus reuniones con

Frank dejaron de ser necesarias. Pero Vernon quería recompensar su lealtad y tenía pensado darle el puesto de Lettice: jefe de Reportajes. Su falta de entusiasmo en relación con la historia de los hermanos siameses había puesto a esta última en régimen de «estrecha vigilancia». Y el suplemento de ajedrez había firmado su sentencia de muerte.

Aquel jueves por la mañana, víspera de la publicación de las fotografías, Vernon y su lugarteniente subieron juntos a la cuarta planta en un viejo ascensor que parecía aquejado del baile de San Vito. Vernon se sentía transportado a sus días de actor en el teatro universitario, al ensayo general, a las palmas pegajosas y el vuelco en el estómago y las tripas sueltas. Para cuando acabara la reunión de la mañana, toda la plantilla de redactores, todos los periodistas veteranos y algunos miembros más del personal de la casa habrían visto las fotografías. La primera edición había entrado en prensa a las 5.15 de la madrugada, pero hasta las 9.30, hora de la última edición, la imagen de Garmony, con su vestido y su mirada tierna, aún no se habría convertido en una furiosa mancha borrosa sobre los rodillos de acero de la rotativa en los nuevos talleres de Croydon. La idea era impedir toda posibilidad de que la competencia pudiera lanzar algún contraataque efectivo en sus últimas ediciones. Los camiones de distribución saldrían a la carretera a las 11.00, y sería demasiado tarde para impedir la entera difusión del periódico.

—Ya has visto la prensa de hoy —dijo Vernon.

—Pura delicia.

Los periódicos del día, tanto los de prestigio como los de la prensa amarilla, se habían visto obligados a publicar artículos relacionados con el tema del momento. Podía percibirse su renuncia a hablar de ello y su envidia en cada pie de foto, en cada nuevo y meticulosamente elaborado enfoque. El *Independent* había sacado un trillado artículo sobre las leyes que protegían la intimidad en diez países diferentes. El *Telegraph* publicaba las declaraciones de un psicólogo en las que teorizaba pomposamente sobre el travestismo, y el *Guardian* dedicaba dos páginas –presididas por una fotografía de J. Edgar Hoover en traje de cóctel– a un artículo burlón, despectivo y «entendido» sobre los travestidos en la vida pública. Ninguno de los diarios de la competencia se dignaron mencionar a *El Juez*. El *Mirror* y el *Sun* habían centrado su atención en un Garmony de asueto en su granja en Wiltshire. Ambos diarios exhibían similares fotografías de grueso grano (tomadas con teleobjetivo) en las que el ministro de Asuntos Exteriores y su hijo desaparecían en la negrura de un granero. Las enormes puertas se hallaban abiertas de par en par, y el modo en que la luz caía sobre los hombros de Garmony, y no sobre sus brazos, sugería a un hombre a punto de ser tragado por la oscuridad.

Entre la segunda y tercera plantas, Frank apretó el botón para parar el ascensor, el cual detuvo su ascenso con una pavorosa sacudida que atenazó como una garra el corazón de Vernon. Los ornatos de latón y la caja de caoba chirriaron al oscilar con violencia en el interior del hueco. Habían mantenido un par de fugaces entrevistas como aquélla. Vernon se sintió obligado a ocultar su terror, a dar una impresión de despreocupación y desenfado.

–Muy rápidamente –dijo Frank–. McDonald va a pronunciar unas palabras en la reunión de la mañana. No va a admitir del todo que estaban equivocados, ni a perdonarte a ti del todo tampoco. Pero en fin, ya sabes, enhorabuena a todos los presentes, y ya que tiramos adelante, pues a arrimar el hombro todo el mundo.

–Estupendo –dijo Vernon. Sería una delicia escuchar cómo el subdirector se disculpaba sin dar la impresión de estar haciéndolo.

—Puede que algunos otros quieran meter baza, incluso que haya algunos aplausos, ya sabes, ese tipo de cosas. Si te parece bien, creo que yo debería seguir al margen, no descubrir mi juego en esta fase del asunto.

Vernon sintió un vago y fugaz desasosiego, como la contracción de algún olvidado músculo impulsor de movimientos reflejos. Sentía tanta curiosidad como desconfianza, pero era muy tarde para hacer algo al respecto, así que dijo:

—Muy bien. De acuerdo. Te necesito al pie del cañón. Los días siguientes pueden ser cruciales.

Frank apretó el botón, y durante unos segundos el ascensor no se movió. Luego pareció caer unos centímetros, y finalmente volvió a iniciar su renqueante ascenso.

Jean, como de costumbre, esperaba al otro lado de las puertas de fuelle con un manojo de cartas, faxes y notas informativas internas.

—Le esperan en la sala seis.

La primera reunión era con el director de publicidad y su equipo, que pensaban que era el momento de subir las tarifas. Vernon no opinaba lo mismo. Mientras avanzaban a paso rápido por el pasillo —de moqueta roja, como en sus sueños—, vio que Frank se despegaba del grupo al unirse a ellos dos oficiales de maquetación. Se hacía necesario reducir la fotografía de primera plana para que cupiera un titular más largo, pero Vernon había decidido ya el tipo de diseño que deseaba para aquel día concreto. Manny Skelton, el redactor de Necrológicas, asomó por la puerta de su despacho del tamaño de un armario y le puso a Vernon en la mano —ni siquiera tuvo que detenerse— unas cuantas páginas mecanografiadas: la nota necrológica que habían acordado publicar en caso de que Garmony decidiera suicidarse. El redactor de Cartas al director se unió al grupo, con la esperanza de poder intercambiar unas palabras con Vernon antes de que comenzara la primera reunión. Preveía una auténtica avalancha de correspondencia, y trataba por todos los medios de que le concedieran una página completa. Ahora, mientras se dirigía hacia la sala seis, Vernon volvía a ser él mismo: grande, benévolo, implacable y bueno. Mientras otros habrían sentido un peso insoportable sobre los hombros, él sentía una ligereza que le daba fuerzas, o incluso una luz, un fulgor de competencia y bienestar, pues su firme mano se disponía a extirpar un cáncer de los órganos del grupo gobernante (tal era el tenor que pensaba emplear en el editorial que seguiría a la dimisión de Garmony). La hipocresía saldría a la luz, el país seguiría en Europa, la pena capital y el servicio militar obligatorio seguirían siendo estantiguas del pasado, la seguridad social sobreviviría de una forma u otra, la ecología planetaria recibiría un empujón decoroso. Vernon, ante esta perspectiva, se sentía con ganas de cantar a voz en cuello.

No lo hizo, pero en las dos horas siguientes le pareció vivir en una briosa ópera ligera en la que se le hubiera asignado cada aria, y en la que un cambiante coro de voces mixtas no sólo lo alababa sino que oficiaba de armonioso eco de sus pensamientos. Eran ya las once, y en el despacho de Vernon se apiñaban para la reunión matinal muchas más personas que de costumbre. Estaban los jefes de sección con sus subjefes y ayudantes, y la plantilla entera de periodistas, apretados en las sillas, recostados sobre cada centímetro cuadrado de pared, sentados sobre el alféizar de la ventana y encima de los radiadores. Los que no cabían en el despacho se amontonaban en torno a la puerta abierta. Cuando el director tomó asiento en su silla, las charlas cesaron. De forma tajante y brusca —sin los preámbulos con que solía iniciar aquellas reuniones matinales—, Vernon abordó directamente la rutina cotidiana:

una disección de varios minutos del diario de la víspera, y a continuación las listas del día siguiente. Aquella mañana, por supuesto, no habría discusión alguna en torno a la primera plana. La única concesión de Vernon fue invertir el orden habitual de los bloques: las noticias de Nacional y la sección de Política irían en último lugar. El jefe de Deportes aportaba un artículo de fondo sobre los Juegos Olímpicos de Atlanta, y un análisis de las causas del mal papel del Reino Unido en los dobles del tenis de mesa. El jefe de la sección literaria, que jamás había llegado puntual a las reuniones matinales, ofreció un somnoliento informe sobre una novela que trataba de comida y que sonaba tan pretenciosa que Vernon tuvo que cortarle sin contemplaciones. En Las Artes se daba cuenta de una crisis de financiación, y Lettice O'Hara, en Reportajes, se hallaba al fin en situación de publicar su trabajo sobre el escándalo de un médico holandés, y asimismo, para honrar la ocasión, había realizado un reportaje sobre cómo la polución industrial estaba convirtiendo a los peces machos en hembras.

Cuando el jefe de Internacional tomó la palabra, la atención de toda la sala se centró de inmediato en su persona. Había una reunión de los ministros de Asuntos Exteriores europeos y Garmony tenía previsto asistir a ella –siempre, claro está, que antes no decidiera dimitir–. Al mencionarse tal posibilidad, un murmullo de excitación se extendió por toda la sala. Vernon pidió la intervención de Harvey Straw, jefe de la sección de Política, que se extendió sobre la historia de las dimisiones políticas. No había habido muchas en los últimos tiempos, y era claramente un arte en extinción. El primer ministro, conocido por su firme defensa de la amistad personal y la lealtad, así como por su escaso instinto político, probablemente seguiría apoyando a Garmony hasta que éste se sintiera forzado a dimitir. Ello prolongaría la vigencia del caso, lo cual no podía sino beneficiar a *El Juez*.

A una invitación de Vernon, el director de Difusión confirmó las últimas cifras, las mejores en diecisiete años. Ante esto, el murmullo fue convirtiéndose en clamor, y en la puerta se produjo un pequeño revuelo de empujones y traspiés: algunos periodistas, molestos por tener que permanecer apiñados en la exigua antesala de Jean, la secretaria, decidieron hacer de ariete contra el compacto muro de cuerpos. Vernon dio un fuerte golpe en la mesa para llamar al orden. Aún tenían que escuchar a Jeremy Ball, el jefe de Nacional, que tuvo que alzar la voz para hacerse oír: un chiquillo de diez años comparecía aquel mismo día ante un tribunal para responder de una acusación de asesinato; el violador de Lakeland había actuado por segunda vez en una semana, y la noche anterior habían detenido a un hombre en relación con el caso; se había producido un vertido de petróleo frente a las costas de Cornualles. Pero a nadie le interesaba gran cosa lo que estaba diciendo, pues sólo existía un tema capaz de aquietar a la redacción de *El Juez*, y finalmente Ball tiró la toalla. En el editorial tendrían que dar respuesta a una carta dirigida al *Church Times* en la que un obispo arremetía contra *El Juez* a propósito del escándalo Garmony. También tendrían que cubrir la reunión del comité de diputados gubernamentales que habría de celebrarse aquella misma tarde. Alguien había arrojado un ladrillo contra la ventana de la sede de la circunscripción electoral de Garmony, en Wiltshire. Desiguales aplausos siguieron a esta nueva, y luego se hizo un silencio cuando Grant McDonald, el segundo de Vernon, se levantó para pronunciar unas palabras.

Era uno de los periodistas de *El Juez* más veteranos; un hombre grande con la cara casi oculta por una ridícula barba roja que nunca se arreglaba. Le gustaba hacer gala de su condición de escocés; en la Noche de Burns,[1] que organizaba en el periódico, solía ponerse una falda escocesa, y en la fiesta de Año Nuevo tocaba la gaita. Vernon sospechaba que McDonald jamás había estado más al norte de Muswell Hill.[2] En público había prestado el debido apoyo a su director, pero en privado, a solas con Vernon, se había mostrado en extremo escéptico en relación con el asunto. De una u otra forma, todos parecían conocer tal escepticismo, y ahora se disponían a escucharle atentamente. Empezó con un grave gruñido que no hizo sino intensificar el silencio reinante.

–Ahora puedo decirlo: seguro que para vosotros será una sorpresa, pero he tenido mis pequeñas dudas sobre este asunto desde el principio...

Este insincero comienzo levantó un estallido varonil de carcajadas. Vernon sintió un estremecimiento ante la falta de honradez de todo aquello. El asunto era rico, complejo, intrincado; le vino a la mente la imagen de una bruñida bandeja de oro batido llena de desvaídos jeroglíficos.

McDonald siguió explicando sus dudas, que tenían que ver con la intimidad personal, los métodos de tabloide, las agendas ocultas, etcétera. Finalmente llegó al punto de inflexión de su razonamiento, y alzó la voz (el «soplo» de Frank, constató Vernon, había sido sumamente preciso):

–Pero con los años he aprendido que hay veces en esta profesión (no muchas, la verdad) en que uno debe ceder ante las opiniones de los demás. Vernon ha expuesto sus puntos de vista con pasión y certero instinto periodístico,

1. 25 de enero, día del nacimiento del poeta escocés Robert Burns. *(N. del T.)*
2. Barrio de Haringey (municipio de las afueras de Londres). *(N. del T.)*

130

y hoy en esta casa se respira una sensación tal, se palpa tal empuje, que me hace volver a los viejos tiempos en que no trabajábamos más que tres días a la semana y sabíamos realmente cómo contar las cosas. Hoy las cifras de las tiradas hablan por sí mismas... Y hemos sondeado el talante del público. Así que... –Grant se volvió hacia el director de *El Juez* y sonrió de oreja a oreja–, ahora volvemos a ocupar un lugar importante en el periodismo, y todo te lo debemos a ti, Vernon. ¡Un millón de gracias!

Tras un cerrado aplauso, otras voces se alzaron y entonaron breves y similares discursos de enhorabuena. Vernon seguía sentado con los brazos cruzados, la cara solemne y la mirada fija en las vetas de la mesa. Quería sonreír, pero no habría estado bien. Observó con satisfacción que el gerente, Tony Montano, tomaba discretas notas de lo que se decía y quién lo decía. Quién estaba en el mismo barco y demás... Habría que llevarle aparte y tranquilizarle con respecto a Dibben, que, hundido en su silla y con las manos en los bolsillos, fruncía el ceño y sacudía la cabeza.

Vernon se puso en pie como deferencia para quienes no podían verle desde el fondo del despacho, y devolvió las gracias a los oradores. Sabía, dijo, que la mayor parte de la gente de aquel despacho había estado en contra de la publicación de las fotografías en un momento u otro del proceso. Pero agradecía también esto, porque en ciertos aspectos el periodismo se asemejaba a la ciencia: las mejores ideas eran las que sobrevivían a –y eran fortalecidas por– una inteligente oposición. Este venial engreimiento arrancó una calurosa salva de aplausos a la concurrencia. No había que avergonzarse, pues, ni esperar retribución de las alturas. Cuando el aplauso cesó, Vernon se había abierto paso entre la gente hasta un tablero colgado de la pared. Quitó la cinta adhesiva que fijaba la gran hoja de papel en blanco que ocultaba el tablero y dejó al descubierto una doble ampliación de la primera plana del día siguiente.

La fotografía ocupaba el ancho de ocho columnas, e iba justo desde el pie de la cabecera hasta tres cuartos del largo de la página. La muda estancia contempló el sencillo vestido, la fantasía de pasarela, la atrevida pose, juguetona y tentadora, que simulaba querer evitar la mirada de la cámara, los minúsculos pechos y el taimadamente insinuado tirante del sostén, el leve arrebol del colorete de los pómulos, la caricia de lápiz labial moldeando la turgencia de los labios (y su mohín, casi un puchero), la expresión íntima, anhelante de aquel alterado aunque fácilmente reconocible rostro público. Bajo la fotografía —centrada, en negrita, de caja baja y treinta y dos puntos— se leía tan sólo, en una línea, lo siguiente: «Julian Garmony, ministro de Asuntos Exteriores.» Y eso era todo.

Los presentes, tan bulliciosos hasta hacía unos segundos, permanecían ahora callados. El silencio se prolongó durante más de medio minuto. Al término, Vernon se aclaró la garganta y empezó a explicar la estrategia para el sábado y el lunes siguientes. Como un joven periodista comentaría a otro luego en la cantina, era como ver a alguien que conoces desnudado y azotado en público. Desenmascarado y castigado. A pesar de ello, el sentir general de los redactores ya dispersos y de vuelta en sus mesas de trabajo —y una opinión consolidada a primeras horas de la tarde—, era que se trataba de un trabajo de un inmejorable nivel profesional. Como primera plana se convertiría probablemente en un clásico utilizado en las facultades de Periodismo. El impacto visual —su simplicidad, su crudeza y su fuerza— resultaba difícil de olvidar. McDonald tenía razón: el instinto de Vernon había sido certero. Y había sido su intención de «buscar la yugular» lo que le había dictado relegar las demás fotografías a la página dos y resistir la tentación de un titular llamativo o un farragoso pie de foto. Conocía la fuerza de lo que tenía entre manos. Dejaba que las imágenes hablaran por sí mismas.

Cuando la última persona hubo dejado su despacho, Vernon cerró la puerta y abrió de par en par las ventanas para que la húmeda atmósfera de marzo renovara el aire viciado. Faltaban cinco minutos para la reunión siguiente, y necesitaba pensar. Le dijo a Jean por el interfono que no le molestaran bajo ningún concepto. El pensamiento cruzaba una y otra vez su mente: todo iba bien, todo iba bien... Pero había algo, algo importante, cierta información ante la que en determinado momento había estado a punto de reaccionar y que luego, al distraerse por algo, se le había ido de la cabeza junto con un centenar de cosas más. Era un comentario, unas palabras que le habían sorprendido en su momento. Debería haber hablado entonces en lugar de dejar la cuestión para más tarde.

De hecho, no logró recordar de qué se trataba hasta última hora de la tarde, cuando dispuso de otro momento a solas consigo mismo. Estaba junto al tablero blanco tratando de volver a gustar el fugaz sabor de la sorpresa que le había causado lo olvidado. Cerró los ojos y se puso a recordar la reunión de la mañana punto por punto, todo lo que se había dicho en ella. Pero no lograba mantener su mente en la tarea, sus pensamientos vagaban sin rumbo fijo. Todo iba bien, todo iba bien. Si no fuera por la pequeña contrariedad de aquel olvido habría podido darse a sí mismo la más entusiasta de las enhorabuenas, e incluso ponerse a bailar sobre su escritorio. Era algo muy parecido a lo de aquella mañana, cuando tendido en la cama y entregado a la contemplación de sus éxitos no había podido gustar la felicidad completa por el simple hecho de que Clive no aprobara lo que estaba haciendo.

Y, de pronto, recordó lo que era. Clive. En cuanto pensó en el nombre de su amigo, le vino instantáneamente a la cabeza. Cruzó el despacho hacia el teléfono. Era muy simple, y seguramente intolerable.

—¿Jeremy? ¿Puedes venir un momento a mi despacho?

Jeremy Ball llegó en menos de un minuto. Vernon le ofreció asiento, e inició el interrogatorio. Tomó notas sobre lugares, fechas, ocasiones, cosas que se sabían, cosas que se sospechaban... En un momento dado Ball llamó por teléfono para confirmar ciertos detalles con el periodista que había cubierto el caso. Luego, en cuanto el jefe de Nacional se hubo marchado, Vernon utilizó su línea privada para llamar a Clive. De nuevo la prolongada, ruidosa operación de levantar el auricular, el sonido de sábanas y mantas, la voz cascada. Eran las cuatro y media de la tarde. ¿Qué diablos hacía Clive todo el día en la cama como un quinceañero deprimido?

—Ah, Vernon. Estaba...

—Oye, Clive, una cosa que has dicho esta mañana. Tengo que preguntártelo. ¿Cuándo estuviste exactamente en el Distrito de los Lagos?

—La semana pasada.

—Clive, ¿qué día? Es muy importante.

Se oyó un gruñido, y un crujido: Clive se incorporaba trabajosamente en la cama.

—Creo que fue el viernes. ¿Qué es...?

—El hombre que viste... No, espera un momento. ¿A qué hora estabas en Allen Crags?

—Sobre la una, creo.

—Escucha. El tipo que viste agrediendo a esa mujer, ya sabes, a la que decidiste no ayudar..., era el violador de los Lagos.

—Nunca he oído hablar de él.

—¿Es que no lees los periódicos? Ha abusado de ocho

mujeres el año pasado, la mayoría de ellas excursionistas. Al parecer ésta logró escapar.

–Es un alivio.

–No, no lo es. Violó a otra mujer hace dos días. Detuvieron al tipo ayer mismo.

–Bueno... Solucionado, entonces.

–No, nada de eso. No quisiste ayudar a esa mujer. Muy bien. Pero si hubieras ido a la policía a denunciar lo que viste, la última mujer no habría sido violada.

Hubo una breve pausa: Clive digería lo que acababa de oír, o quizá se aprestaba a responder. Ahora había despertado por completo, y su voz se había endurecido. Dijo:

–Una cosa no implica necesariamente la otra, pero no importa. ¿Por qué levantas la voz, Vernon? ¿Es otro de tus días frenéticos? ¿Qué es lo que quieres exactamente?

–Quiero que vayas a la policía hoy mismo y les cuentes lo que viste.

–Ni hablar.

–Podrías identificar a ese tipo.

–Estoy dando los toques finales a la sinfonía y...

–No, no es cierto, maldita sea. Estás en la cama.

–Eso no es asunto tuyo.

–Cómo puedes decir eso... Vete a la policía, Clive. Es un deber moral.

Se oyó una inspiración profunda, y Clive calló durante un instante, como reconsiderando el asunto. Y al final dijo:

–¿Me estás diciendo cuál es mi deber moral? ¿Tú? ¿Precisamente tú?

–¿A qué te refieres?

–A esas fotografías. A que te estás cagando sobre la tumba de Molly...

La referencia escatológica a una sepultura inexistente

marcó ese punto en las disputas en que se cruza cierto límite y desaparece todo freno. Vernon no le dejó terminar:

–No sabes nada, Clive. Vives una vida privilegiada y no tienes ni puta idea de nada.

–... a que estás acosando a un hombre para que le despidan de su trabajo. A que eso es periodismo amarillo. ¿Cómo puedes vivir contigo mismo después de eso?

–Puedes ponerte como quieras. Estás desvariando. Si no vas a la policía, yo mismo les telefonearé para contarles lo que viste. Estás encubriendo un intento de violación...

–¿Te has vuelto loco? ¿Cómo te atreves a amenazarme?

–Hay cosas más importantes que las sinfonías. Las personas, sin ir más lejos.

–Y ¿no son esas personas tan importantes como las tiradas de los periódicos, Vernon?

–Vete a la policía.

–Que te den por el culo.

–Que te den por el culo a ti.

La puerta del despacho de Vernon se abrió de pronto, e irrumpió Jean presa del nerviosismo.

–Lamento interrumpir una conversación privada, señor Halliday –dijo la secretaria–. Pero creo que será mejor que ponga la televisión. La señora Garmony está dando una conferencia de prensa. En el Canal Uno.

4

Los dirigentes del partido pensaron largo y tendido en el asunto y tomaron varias decisiones razonables. Una de ellas fue permitir que las cámaras entraran en un conocido hospital infantil aquella mañana para grabar a la señora Garmony saliendo del quirófano, cansada pero feliz, después de realizar una operación a corazón abierto a una niña negra de nueve años llamada Candy. La cirujana fue grabada asimismo en la ronda de visitas a sus pacientes, seguida de respetuosas enfermeras y jefas de admisiones. Los niños la abrazaban con visible adoración. Luego, captado brevemente en el aparcamiento del hospital, el emotivo encuentro entre la señora Garmony y los agradecidos padres de la pequeña. Tales fueron las primeras imágenes que vio Vernon nada más colgar apresuradamente el teléfono, después de buscar en vano el mando a distancia entre los papeles de la mesa y dar unas cuantas zancadas hasta el televisor encaramado en lo alto de un rincón del despacho. Mientras el lloroso padre ponía media docena de piñas en los brazos de la cirujana, una voz en *off* explicaba que en la jerarquía médica había profesionales que llegaban tan alto que se hacía inapropiado incluso darles el tratamiento de «doctores». La *doctora* Garmony, para la gente, era sencillamente la señora Garmony.

Vernon, cuyo corazón aún latía con fuerza a causa de su disputa con Clive, volvió a su mesa para seguir viendo la grabación mientras Jean salía de puntillas del despacho y cerraba la puerta con cuidado a su espalda. Ahora la cámara mostraba, desde un emplazamiento elevado, cierto paisaje de Wiltshire: un pequeño arroyo flanqueado de árboles que surcaba las colinas desnudas y ondulantes. Junto a los árboles se veía una pulcra y recoleta granja, y mientras el comentarista ofrecía brevemente los antecedentes del caso Garmony, la cámara realizaba un largo y lento zoom que finalizaba en un plano corto de una oveja cuidando a su cría recién nacida en la pradera de césped, junto a los macizos de arbustos que se alzaban a la derecha de la puerta principal. También había sido una decisión del partido el enviar a los Garmony, con sus dos hijos Annabel y Ned, a pasar un largo fin de semana en su casa de campo en cuanto Rose terminó su trabajo en el hospital. Ahora eran una familia de cuatro miembros que miraban hacia la cámara por encima de una verja con barrotes, vestidos con abrigos de lana e impermeables de hule y en compañía de su perra pastor Milly y el gato de la casa, un británico de pelo corto llamado Brian a quien Annabel sostenía amorosamente contra el pecho. Era una grabación «publicitaria», pero el ministro de Asuntos Exteriores se mantenía –algo nada habitual en él– en segundo plano, con aire sumiso, incluso manso, ya que el centro de aquella incursión televisiva era su esposa. Vernon sabía que Garmony estaba hundido, pero no pudo evitar un gesto afirmativo de cabeza ante la pericia del montaje, ante la consumada profesionalidad de la puesta en escena.

El comentario fue apagándose gradualmente hasta ser sustituido por sonido real: el chasquido y el zumbido del motor de unas cámaras fotográficas y varias voces molestas y ofendidas fuera de campo. Por la sucesivas inclinaciones y oscilaciones del encuadre era evidente que estaba teniendo lugar cierta agitación en torno a la cámara. Vernon vio un retazo de cielo, y luego los pies del cámara y una cinta anaranjada. Sin duda se intentaba mantener tras una línea a todo aquel hervidero periodístico. La cámara enfocó al fin a la señora Garmony, y se estabilizó mientras la doctora se aclaraba la garganta y se preparaba para tomar la palabra. Llevaba un papel en la mano, aunque al parecer no iba a leerlo porque tenía la suficiente confianza en sí misma como para hablar sin ayuda de notas. Siguió unos segundos en silencio para asegurarse de que captaba la atención de todo el mundo, y empezó con una sucinta historia de su matrimonio, desde los días en que estudiaba en el Guildhall y soñaba con una gran carrera como concertista de piano y Julian era un entusiasta estudiante de Derecho sin medios económicos. Fueron años de duro trabajo, de maduración y sacrificios; fue el tiempo de aquel apartamento de una habitación en el sur de Londres, del nacimiento de Annabel, de su tardía decisión de estudiar Medicina y del inquebrantable apoyo de Julian. Luego llegaría el alborozo de comprar su primera casa en la zona menos popular de Fulham, el nacimiento de Ned, el creciente éxito de Julian como abogado, su primer internado médico, etcétera. Su voz sonaba relajada, incluso íntima, y su autoridad dimanaba no tanto de su clase social o de su condición de esposa de un ministro del gobierno cuanto de su prestigio profesional. Habló del orgullo que sentía por la carrera de Julian, de cuán gozosos habían sido para ambos sus dos hijos, de cómo habían compartido sus triunfos y reveses y cómo siempre habían valorado la sana diversión, la disciplina y, por encima de todo, la honestidad.

Hizo una pausa, y sonrió como para sí misma. Desde

el principio, prosiguió, Julian le había contado algo acerca de sí mismo, algo bastante chocante, algo incluso un tanto escandaloso. Pero nada que su amor no pudiera asumir, hasta el punto de que luego, con el transcurso de los años, había aprendido a mirar aquella «singularidad» de su esposo con benevolencia e incluso respeto, y a considerarla como algo inherente a su persona. Su confianza mutua había sido absoluta. Y tal peculiaridad de Julian ni siquiera había sido totalmente secreta, pues una amiga de la familia, Molly Lane, recientemente fallecida, sacó en cierta ocasión −siempre con un espíritu festivo, por supuesto− varias fotografías ilustrativas al respecto. La señora Garmony, entonces, levantó una carpeta de cartón blanco, y mientras lo hacía Annabel besaba a su padre en la mejilla, y Ned −ahora podía verse que llevaba un arete en la nariz− se inclinaba hacia ellos y ponía una mano sobre el hombro de su padre.

−Oh, Dios −dijo Vernon con voz ronca−. Nos va a chafar la exclusiva...

La señora Garmony sacó las fotografías y levantó la primera para que la viera todo el mundo. Era la de la pose de pasarela, la de la primera plana de *El Juez*. La cámara se bamboleó un poco al poner en marcha el zoom hacia la fotografía, y al otro lado de la línea hubo empujones y gritos. La señora Garmony aguardó a que el clamor amainara. Cuando volvió a hacerse el silencio, dijo con voz tranquila que sabía que un periódico con objetivos políticos concretos pensaba publicar ésta y otras fotografías al día siguiente, con la esperanza de obligar a su marido a dejar su puesto en el gobierno. Ella, ante esto, sólo tenía que decir lo siguiente: que dicho periódico no iba a salirse con la suya, porque el amor era más fuerte que el resentimiento.

La línea fue desbordada y los reporteros se abalanzaron hacia la verja. Tras ella, los niños habían enlazado los brazos con su padre, mientras su madre se mantenía firme ante el asedio y hacía frente sin inmutarse a los micrófonos dirigidos hacia su cara. Vernon se había levantado de la silla. *No* —estaba diciendo la señora Garmony—, y le alegraba tener la oportunidad de aclarar las cosas y manifestar rotundamente que no había base alguna para aquel rumor. Molly Lane no había sido más que una buena amiga de la familia, y los Garmony la recordarían siempre con afecto. Vernon cruzaba de nuevo el despacho para apagar el televisor cuando alguien preguntó a la señora Garmony si tenía algún mensaje concreto para el director de *El Juez*. Sí, respondió ella. Y Vernon, entonces, vio que aquella mujer le miraba directamente, y se quedó paralizado ante la pantalla.

—Señor Halliday, tiene usted mentalidad de chantajista, y la talla moral de una *pulga*.

Vernon lanzó un grito ahogado de dolida admiración, porque reconocía una frase dirigida a la galería en cuanto la oía. La pregunta partía de sus adversarios, la respuesta estaba preparada. ¡Qué consumada maestría!

La señora Garmony iba a añadir algo más, pero Vernon levantó una mano a tiempo y apagó el televisor.

5

Para las cinco de la tarde de aquel día, los directores de los numerosos periódicos que habían pujado por las fotografías de Molly opinaban ya que el problema del diario de Vernon residía en que había perdido el tren de los cambios que estaban teniendo lugar en el mundo. Como el editorial de uno de los periódicos de prestigio escribió el mismo viernes por la mañana, «al director de *El Juez* parece habérsele escapado que la década en que vivimos no es la década anterior. En ella, la consigna era la promoción personal, y la codicia y la hipocresía eran las realidades reinantes. Ahora vivimos en un tiempo más razonable, más compasivo y tolerante, en el que las preferencias íntimas e inocuas de los individuos, por públicos que éstos puedan ser, no deben trascender nunca el ámbito privado. Allí donde no exista ningún asunto de interés público implicado, las anticuadas artes del chantaje y la denuncia farisaica no tienen ya lugar, y si bien este periódico no desea en modo alguno poner en entredicho la altura moral de la pulga común, no puede sino suscribir los comentarios realizados ayer por...».

Los titulares de primera plana dividían a partes iguales sus preferencias entre «chantajista» y «mosca», y la mayoría hizo uso de una fotografía de Vernon, tomada en un banquete de la Asociación de la Prensa, en la que aparecía enfundado en un arrugado esmoquin y visiblemente achispado. El viernes por la tarde, dos mil miembros de la Alianza Rosa de Travestidos marcharon en dirección a la sede de *El Juez* con tacones de aguja, enarbolando ejemplares de la desafortunada primera plana y entonando canciones en burlón falsete. Aproximadamente al mismo tiempo, el grupo parlamentario del partido de Garmony aprovechó el sentimiento dominante y logró que se aprobara por abrumadora mayoría un voto de confianza en el ministro de Asuntos Exteriores. Y el primer ministro, súbitamente envalentonado, habló en favor de su viejo amigo. A lo largo del fin de semana se llegó a un amplio consenso que afirmaba que *El Juez* había ido demasiado lejos y era un periódico repugnante, Julian Garmony era un tipo decente y Vernon Halliday («la Pulga») un ser vil y despreciable cuya cabeza debía servirse en una bandeja de modo inmediato. En los dominicales, las secciones de Estilo de Vida presentaban a la «nueva esposa *puntal*» que no sólo ejercía su propia profesión sino que *además* luchaba a brazo partido por su marido. Los editoriales se centraban en ciertos aspectos no suficientemente aprovechados de las declaraciones de la señora Garmony, incluido lo de que «el amor es más fuerte que el resentimiento». En la redacción misma de *El Juez*, los periodistas de plantilla celebraban el que se hubiera levantado acta de sus reservas, y la mayoría de ellos opinaba que Grant McDonald había expresado el sentir general al decir en la cantina que, al ver que sus reservas al respecto no habían hallado eco en la dirección, se había limitado a apoyar la ofensiva con la mayor de las lealtades. Para el lunes todo el mundo había aireado a los cuatro vientos sus propios recelos y su decisión de apoyar lealmente a su director.

La cuestión se presentaba harto más compleja para el consejo de administración de *El Juez,* que convocó una reunión de urgencia para el lunes por la tarde. De hecho, el asunto era extremadamente delicado. ¿Cómo despedir a un director a quien el miércoles anterior habían apoyado unánimemente?

Finalmente, tras dos horas de indecisión en uno u otro sentido, George Lane tuvo una idea excelente.

–Miren ustedes –dijo–. En mi opinión no hubo nada de malo en comprar esas fotografías. Incluso puedo decirles que, según he podido oír, consiguió un precio excelente. No, el error de Halliday está en no haber retirado esa primera plana en el momento mismo en que vio por televisión la conferencia de prensa de Rose Garmony. Dispuso de tiempo suficiente para deshacer toda la operación. No iba a publicar las fotos hasta la última edición. Su gran equivocación fue seguir adelante con la idea. Nuestro periódico, el viernes, hizo el ridículo en todas partes. Halliday debería haber visto por dónde soplaba el aire y haberse echado atrás. Si quieren saber mi opinión, el suyo ha sido un grave fallo de criterio editorial.

6

Al día siguiente, el director del *El Juez* presidió una apagada reunión con sus colaboradores de plantilla. Tony Montano, sentado a un extremo de la sala, asistía como observador.

—Es hora de que saquemos más columnas fijas. Son baratas, y toda la competencia lo está haciendo. Ya sabéis, contratamos a alguien de inteligencia media o baja, posiblemente mujer, y la ponemos a escribir sobre..., bueno, sobre nada en particular. Ya conocéis ese tipo de cosas. Va a una fiesta y... no consigue recordar el nombre de algún invitado, por ejemplo. Doscientas palabras.

—Ya, mirarse el propio ombligo —aventuró Jeremy Ball.

—No exactamente. «Mirarse» sería demasiado intelectual. Más bien *charlar* de ombligos.

—No consigue poner en marcha su cámara de vídeo. ¿Tengo el culo demasiado gordo? —sugirió Lettice, diligente.

—Eso es. Seguid dando ideas. —El director movió repetidamente los dedos en el aire, como queriendo extraerles las ideas de la cabeza.

—Fulana se compra un conejillo de Indias.

—La resaca de *él*.

—El primer vello púbico gris de *ella*.

—En el supermercado siempre coge un carro con la rueda floja y torcida.

—Estupendo. Me gusta. ¿Harvey? ¿Grant?

—Mmm... No hace más que perder los bolígrafos. ¿Dónde diablos se los irá dejando?

—Se pasa todo el santo día dándole a la lengua...

—Excelente —dijo Frank Dibben—. Gracias, muchas gracias a todos. Seguiremos mañana.

V

1

Había momentos a primera hora de la mañana, después de la leve excitación del amanecer, con todo Londres dirigiéndose ruidosamente al trabajo, en que Clive, aplacada al fin su fiebre creativa por el total agotamiento, se levantaba del piano y se dirigía arrastrando los pies hacia la puerta para apagar las luces del estudio. Miraba hacia atrás y contemplaba el rico, bello caos que reinaba en su escenario de trabajo, y acogía una vez más aquel pensamiento fugaz, aquel minúsculo fragmento de una sospecha que jamás se avendría a compartir con persona alguna en este mundo, aquel barrunto que ni siquiera se atrevía a consignar en su diario y cuya palabra clave articulaba sólo mentalmente y después de vencer una fuerte resistencia. Tal pensamiento, lisa y llanamente, era el siguiente: que no constituiría una grave exageración asegurar que él, Clive Linley, era... un *genio*. Un genio. Aunque seguía resonando −no sin sentimiento de culpa− en su oído íntimo, no permitía en ningún momento que la palabra aflorara a sus labios. No era un hombre vanidoso. Un genio... Se trataba de un vocablo sometido a un uso excesivo e «inflacionario», pero sin duda existía cierto nivel de logro artístico, cierta calidad excelsa que no era negociable, que se hallaba más allá de la mera opinión. No habían existido muchos. Entre sus compatriotas, Shakespeare había sido un genio, por supuesto, y se decía que también lo fueron Darwin y Newton. Purcell no había estado lejos de la genialidad. Britten no tanto, aunque le seguía de cerca. Pero en su país no había habido jamás un Beethoven.

Cuando le asaltaba la sospecha de ser un genio —algo que ya le había sucedido tres o cuatro veces desde que volvió del Distrito de los Lagos—, el mundo se convertía en un lugar grande y quieto, y a la luz azul grisácea de aquella mañana de marzo, el piano, el MIDI, los platos y las tazas y el sillón de Molly adquirieron una apariencia curva, esculpida, que le recordó cómo veía en una época de su juventud las cosas cuando tomaba mescalina: preñadas de volumen, investidas de una trascendencia benéfica. El estudio que estaba a punto de abandonar para irse a la cama, lo veía ahora como en una filmación documental sobre sí mismo destinada a mostrar a un mundo curioso cómo nacía una obra maestra. Pero también pudo apreciar el reverso de grueso grano, en el que su figura se demoraba en el umbral con la camisa blanca, holgada y mugrienta, y los vaqueros ceñidos en torno a una abultada panza, y los ojos ensombrecidos y vencidos por la fatiga: el compositor, heroico y no exento de atractivo en su desaliño de barba de varios días y pelo alborotado. Éstos eran en verdad los grandes momentos de su fase actual —un período de jubiloso desahogo creativo como no había conocido otro en toda su carrera—, momentos en los que contemplaba su trabajo desde un estado de semialucinación, y ahora flotaba escaleras abajo hacia el dormitorio, se sacudía los zapatos y se sumergía bajo las mantas para sucumbir a un sueño sin sueños que era un aturdimiento morboso, un vacío, una muerte.

Se despertó avanzada ya la tarde, se puso los zapatos y

bajó a la cocina para comer un plato frío que el ama de llaves le había dejado en la nevera. Abrió una botella de vino y se la llevó consigo al estudio, donde encontraría una cafetera llena y daría comienzo a un nuevo viaje hacia la noche. En algún lugar a su espalda, hostigándolo como una bestia y acercándose por momentos, el plazo límite para la entrega. En poco más de una semana debería reunirse con Giulio Bo y la British Symphony Orchestra en Amsterdam para un ensayo de dos días, y, dos días después, tendría lugar el estreno de la sinfonía en el Birmingham Free Trade Hall. Dado que el fin del milenio no habría de llegar sino varios años más tarde, la presión que se ejercía sobre él era a todas luces ridícula. Había ya entregado la versión definitiva de los tres primeros movimientos, y las partes orquestales habían sido ya transcritas. La secretaria que habían puesto a su disposición le había llamado varias veces para recoger las páginas más recientes del movimiento final, y un equipo de copistas se hallaba ya realizando su trabajo. De momento no podía permitirse mirar hacia atrás; no podía sino seguir adelante y procurar acabar para la semana siguiente. Se quejaba, sí, pero en el fondo se sentía *intocado* por aquella urgencia ajena, por cuanto era así como necesitaba trabajar: abismado en el descomunal esfuerzo de llevar la obra a su soberbio final. La inmemorial escalinata había sido remontada, las volutas de sonido se habían desvanecido como niebla, y su nueva melodía, oscuramente escrita en su primera manifestación solitaria para un trombón con sordina, había concitado en torno una rica textura orquestal de sinuosa armonía, y luego una disonancia y unas ensortijadas variaciones que se perdían en el espacio para no reaparecer más, y al fin había iniciado un proceso de consolidación, como una explosión vista al revés, canalizándose como por la boquilla de un embudo hacia un punto geométrico de quietud; y, una vez más, el trombón con sordina, y luego, en un casi callado *crescendo,* cual una inspiración titánica, la final y colosal reafirmación de la melodía (con una diferencia enigmática y aún por resolver), que ganaba impulso y estallaba en una ola, en un maremoto de sonido que alcanzaba una velocidad inconcebible, que se erguía hacia lo alto, y que cuando parecía ya allende la capacidad humana ganaba aún más altura, y que finalmente descendía, rompía y se estrellaba vertiginosamente y se hacía pedazos, ya a salvo, sobre la dura tierra del *do* menor del comienzo. Lo que quedaba eran las notas de pedal que prometían resolución y paz en el infinito espacio. Luego, un *diminuendo* que se prolongaba durante cuarenta y cinco segundos y se disolvía luego en cuatro compases de medido silencio. El final.

Y casi estaba listo. La noche del miércoles al jueves Clive revisó y perfeccionó el *diminuendo.* Lo único que debía hacer ahora era retroceder varias páginas en la partitura y volver sobre la clamorosa reafirmación, y quizá modificar las armonías, o incluso la propia melodía, o crear alguna forma de resaca rítmica, una síncopa inserta en el corazón de las notas. Para Clive tal variación se había convertido en elemento crucial de la conclusión de la obra; debía sugerir la naturaleza incognoscible del futuro. Cuando la ya familiar melodía volviera a oírse por última vez, alterada de un modo leve aunque significante, tendría que suscitar inseguridad en el oyente (una suerte de cautela contra el hábito de aferrarse demasiado a lo que se conoce).

El jueves por la mañana, estaba en la cama reflexionando acerca de todo esto mientras se deslizaba hacia el sueño cuando telefoneó Vernon. La llamada le tranquilizó. Había estado pensando ponerse en contacto con él desde su vuelta, pero el trabajo le había abstraído por completo de cuanto le rodeaba, y Garmony, las fotografías y *El Juez* se le antojaban tramas secundarias de una película vagamente recordada. Lo único que sabía era que no tenía ningún deseo de discutir con nadie, y menos aún con uno de sus más viejos amigos. Cuando Vernon cortó la conversación y sugirió pasar por su casa para tomar una copa la noche siguiente, Clive pensó que lo más probable era que para entonces hubiera puesto punto final a la sinfonía. Habría dado los últimos toques a aquel importante cambio en la reafirmación, ya que seguramente no le llevaría más que una noche entera de trabajo. Vendrían a recoger las últimas páginas, y podría invitar a unos cuantos amigos a su casa para celebrarlo. Tales eran sus felices pensamientos antes de sumirse en el sueño. Fue una total desorientación, por tanto, la que sintió al despertar de pronto unos minutos después —o así se lo pareció, al menos— y verse increpado en tono imperioso por Vernon:

—Quiero que vayas a la policía ahora mismo y les cuentes lo que viste.

Era la frase que le hizo volver de pronto a la realidad. Clive emergía de un túnel a la claridad del día. De hecho, lo que volvía a revivir era el viaje en tren a Penrith, y aquellas introspecciones medio olvidadas, y aquel regusto amargo en la boca. Cada exabrupto entre él y Vernon, luego, venía a suponer un nuevo clic de trinquete: no había retorno posible a las buenas maneras. Al invocar la memoria de Molly —«te estás cagando sobre la tumba de Molly»—, a Clive lo había envuelto una oleada de fiera indignación, y cuando Vernon lo amenazó indignamente con ir a la policía él mismo, Clive soltó un grito ahogado y se zafó de un puntapié de las mantas y se puso de pie en calcetines y se quedó junto a la mesilla a escuchar el trueque final de improperios. Vernon le colgó el teléfono justo en el instante en que él estaba a punto de colgarle a Vernon. Sin molestarse en atarse los zapatos, Clive corrió escaleras abajo hecho una furia, maldiciendo. No eran aún las cinco de la tarde, pero instantes después estaba tomándose una copa; se merecía un trago, y sería capaz de romperle la crisma a quienquiera que intentara impedir que se lo tomara. (Estaba solo, a Dios gracias.) Era un gin tónic, aunque casi todo era ginebra. Estaba en la cocina, junto al escurreplatos, y apuró el líquido sin limón ni hielo y siguió pensando con resentimiento en el ultraje. ¡Era un auténtico ultraje! Pergeñaba mentalmente la carta que le gustaría enviar a aquella escoria de tipo que había tenido por amigo... Vernon..., su odiosa rutina diaria, su mente mezquina, cínica e intrigante; Vernon, el pasivo-agresivo, el adulador, el gorrón, el hipócrita... Vermin Halliday,[1] que nada sabía de lo que era crear, que no había hecho nada en la vida que mereciera la pena y a quien le llevaban los demonios el que hubiera otros capaces de hacerlo. Lo que pretendía hacer pasar por postura moral no eran sino pequeños remilgos burgueses, cuando en realidad se hallaba hundido en la mierda hasta los codos. De hecho, había levantado todo su andamiaje vital sobre excrementos, y en la consecución de sus miserables objetivos no había dudado en degradar la memoria de Molly y en arruinar a un necio vulnerable como Garmony y en invocar los códigos del odio de la prensa amarilla, y todo sin dejar de decirse a sí mismo, y a quienquiera que quisiera oírlo –y esto era lo que le dejaba a uno sin aliento– que lo que hacía era cumplir con su deber, que su afán no era sino el servicio de un alto ideal. ¡Era un loco, un enfermo! ¡No merecía existir!

Estas execraciones las profirió Clive en la cocina,

---

1. *Vermin* es «bicho, sabandija, persona despreciable». Clive juega, pues, con la similitud fonética entre Vernon y Vermin para arremeter contra su amigo. *(N. del T.)*

mientras apuraba su segunda copa, a la que siguió luego una tercera. Sabía por experiencia que redactar y enviar una carta cuando uno está fuera de sí no hacía sino poner un arma en manos de su enemigo. No era sino veneno que podía ser utilizado en contra de uno, y de forma continuada, en el futuro. Pero Clive quería escribirle algo en aquel mismo momento, ya que quizá no se sintiera tan hondamente herido al cabo de una semana. Finalmente se decidió por una seca misiva escrita en una tarjeta que, en previsión de un eventual cambio de opinión, no enviaría hasta el día siguiente. *Tu amenaza me horroriza. Lo mismo que tu periodismo. Mereces que te despidan. Clive.* Abrió una botella de Chablis y, haciendo caso omiso de los canapés de salmón que tenía en el frigorífico, subió al ático con la «beligerante» determinación de ponerse a trabajar. Llegaría un tiempo en el que nada quedaría de Vermin Halliday, y en el que de Clive Linley quedaría su música. El trabajo, pues, un trabajo callado, deliberado, triunfante, constituiría una especie de desquite. Pero la beligerancia no resultaba de gran ayuda para la concentración, como tampoco las tres ginebras y la botella de vino, y tres horas después seguía sentado al piano con la mirada fija en la partitura, inclinado sobre las teclas en actitud de trabajo, con un lápiz en la mano y el ceño fruncido, pero sin oír ni ver más que el brillante tiovivo-organillo de sus propios y circulares pensamientos, una y otra vez los mismos caballitos cabeceando sobre sus trenzadas barras. Y helos ahí, volviendo una vez más... ¡Qué injuria! ¡La policía! ¡Pobre Molly! ¡Mojigato hipócrita! Invocar una postura moral para justificar lo que estaba haciendo... ¡Estaba hasta el cuello de mierda! ¡Qué *ultraje!* ¿Y Molly qué...?

A las nueve y media se levantó del piano y decidió sobreponerse, beber un poco de vino tinto y ponerse a trabajar. Allí estaba su bella melodía, su canción, diseminada por la página, exigiendo su atención, anhelando una inspirada modificación, y allí estaba él, vivo y lleno de energía, y a punto de ponerse manos a la obra. Pero, una vez abajo, se demoró en la cocina al volver a descubrir su cena, y se puso a escuchar una historia de tuaregs nómadas marroquíes en la radio, y luego se tomó la tercera copa de Bandol para darse una vuelta por la casa, cual antropólogo de su propia existencia. Llevaba una semana sin entrar en el salón, y se puso a vagar por la enorme estancia, examinando pinturas y fotografías como si las viera por vez primera, pasando la mano por los muebles y cogiendo objetos de la pared de encima de la chimenea. Toda su vida estaba allí, en aquel salón, y ¡cuán rica había sido su historia! El dinero con el que había comprado hasta la más barata de aquellas cosas lo había ganado creando sonidos, poniendo una nota junto a otra. Todo lo que tenía ante sus ojos lo había imaginado tal como estaba, lo había deseado «así y allí», sin la ayuda de nadie. Brindó por su éxito, y tras apurar la copa volvió a la cocina para servirse otra antes de iniciar su «gira» por el comedor. A las once y media estaba de nuevo frente a la partitura, cuyas notas no parecían poder quedarse quietas, ni siquiera para él, y tuvo que admitirse que estaba borracho como una cuba. Pero ¿quién no lo estaría después de tantas traiciones? Vio una botella de whisky escocés mediada sobre una estantería; la cogió y se sentó en el sillón de Molly. Había una pieza de Ravel en el equipo de música... Su último recuerdo de la velada fue que levantaba el mando a distancia y apuntaba hacia el compact-disc.

Despertó en plena madrugada con los auriculares torcidos sobre la cabeza y una terrible sed (había soñado que cruzaba un desierto a gatas, con el único piano de cola de los tuaregs a cuestas). Bebió del grifo del cuarto de baño y se metió en la cama, y permaneció tendido durante horas

156

con los ojos abiertos en la oscuridad, exhausto, seco y alerta, indefenso y forzado una vez más a prestar atención al tiovivo. *¿Con la mierda hasta el cuello? ¡Postura moral! ¿Molly?*

Al despertar de un breve sueño a media mañana, supo que su buena racha creativa se había agotado. No era simplemente que estuviera exhausto y con resaca. En cuanto se sentó al piano e hizo un par de tentativas de abordar la variación, cayó en la cuenta de que no sólo ese pasaje sino el movimiento entero había muerto en él: de pronto no era sino cenizas en su boca. Y no se atrevía a pensar demasiado en la sinfonía misma. Cuando la secretaria que le habían asignado llamó para preguntar cuándo podían pasar a recoger los pasajes que faltaban, fue sobremanera brusco con ella, hasta el punto de tener que llamarla luego para disculparse. Dio un paseo para aclararse la cabeza, y echó en el buzón la tarjeta dirigida a Vernon, que a la luz del día le había parecido una obra maestra de la contención. Durante el paseo compró *El Juez.* Para defender su ensimismamiento en el trabajo no se había permitido comprar ningún periódico, ni ver los telediarios ni escuchar las noticias de la radio, y se había perdido por tanto el desarrollo de la conjura contra Garmony.

Al desplegar el diario sobre la mesa de la cocina, pues, recibió una especie de shock. Garmony posando ante Molly, actuando amaneradamente para ella... La cámara en las cálidas manos de Molly, sus vivos ojos encuadrando un día lo que Clive estaba viendo ahora... Pero aquella primera plana producía un auténtico bochorno, no porque –o no únicamente porque– un hombre hubiera sido sorprendido en un momento íntimo harto delicado, sino por el hecho de que el periódico hubiera armado tal revuelo al respecto, y por el hecho de dedicar tan poderosos recursos a un asunto de tal naturaleza. Como si se hubiera

157

descubierto alguna criminal conspiración política, o un cadáver bajo una mesa en el Ministerio de Asuntos Exteriores. Algo tan poco «cosmopolita», tan mal calculado, con tan poco estilo... Incluso resultaba torpe la saña con que trataba de ser cruel. La caricatura exagerada y despectiva, por ejemplo, y el jactancioso editorial con la pueril distorsión jocosa de *drag*,[1] y el populachero —y condenado al fracaso— juego de palabras entre «bragas hechas un ovillo» y «estar hecho un manojo de nervios»,[2] y las poco convincentemente contrapuestas expresiones «vestirse informalmente» y «disfrazarse»...[3] El pensamiento le vino a la mente una vez más: Vernon no solamente era odioso, sino que tenía que estar loco. Aunque eso no iba a impedir que Clive siguiese detestándole.

La resaca le duró todo el fin de semana y parte del lunes —a su edad uno no salía de ellas tan incólume—, y la sensación general de náusea le brindó un caldo de cultivo idóneo para la amarga reflexión. El trabajo se hallaba estancado. Lo que había sido un exquisito fruto no era ahora sino una rama seca. Los copistas esperaban con desesperación las últimas doce páginas de la partitura. El director de orquesta telefoneó tres veces con voz trémula de controlado pánico. La sala de conciertos de Amsterdam había sido reservada para dos días (y por una enorme suma) a partir del viernes siguiente, y los percusionistas de apoyo solicitados por Clive ya habían sido contratados, al igual que el acordeonista. Giulio Bo se hallaba impaciente por poner la vista encima del broche de la obra, y se habían

1. *Drag* (carga, pelmazo, «lata», calada...) significa también «prenda de mujer vestida por un hombre», y se presta por tanto a infinidad de juegos de palabras. *(N. del T.)*

2. Juego de palabras intraducible entre los sentidos literal e idiomático de *«knickers in a twist». (N. del T.)*

3. *Dress down* y *Dress up. (N. del T.)*

158

realizado ya todas las gestiones para su estreno en Birmingham. Si no tenía las partituras de todos los instrumentos en Amsterdam para el jueves, afirmaba Giulio, no le cabría otra opción que arrojarse al canal más cercano. Resultaba en cierto modo consolador el saber de alguna angustia más intensa que la suya, pero Clive no lograba terminar las páginas que faltaban. Seguía aferrado a la necesidad de dar forma cabal a aquella variación vital (empezaba a sospechar, como a menudo sucede en estos casos, que de ella dependía la integridad de la obra).

Ello le sumió, como es lógico, en un ánimo derrotista. Cuando volvió aquel día al trabajo la sordidez de su estudio se le antojó opresiva, y cuando se sentó ante la partitura manuscrita —aquellos trazos eran de alguien más joven, más seguro de sí mismo, con más talento—, culpó a Vernon de su esterilidad creativa, y su cólera se hizo más intensa. Su capacidad de concentración se hallaba gravemente mermada. Por culpa de un idiota. Cada vez veía con más claridad que se le estaba negando la posibilidad de crear su obra maestra, la culminación de toda una vida de trabajo. Aquella sinfonía habría aleccionado a su público acerca de cómo escuchar, cómo *oír* todo cuanto había escrito hasta entonces. Ahora, sin embargo, la prueba, la rúbrica misma del genio se había malogrado, y su obra se había visto despojada de su grandeza. Porque Clive sabía que jamás volvería a intentar una composición de tal envergadura: se sentía demasiado cansado, demasiado «esquilmado», demasiado viejo. El domingo holgazaneó por el salón y leyó con cierto aturdimiento el resto de las noticias y reportajes de *El Juez*. El mundo seguía siendo el mismo lugar caótico de siempre: los peces cambiaban de sexo, el tenis de mesa británico había perdido el norte, y en Holanda unos tipejos con titulación médica ofrecían el servicio legal de «quitar de en medio» a un progenitor viejo y molesto. Qué interesante. Todo lo que uno necesitaba era la firma del anciano padre o la anciana madre por duplicado y varios miles de dólares. Por la tarde dio un largo paseo por Hyde Park, y reflexionó detenidamente sobre aquel artículo. Era cierto que él mismo había llegado a un acuerdo con Vernon en relación con la eutanasia, y que tal acuerdo implicaba ciertas obligaciones. Tal vez se imponía recabar ciertos datos al respecto. Pero el lunes se le fue en un simulacro de trabajo, en un afanoso autoengaño que tuvo el buen juicio de abandonar al llegar la noche. Todas las ideas de la jornada habían resultado torpes y sin brillo. No se le debería permitir «tocar» su sinfonía: no era digno de su propia creación.

El martes por la mañana fue despertado por el gerente de la orquesta, quien literalmente llegó a gritarle al teléfono. Los ensayos eran el viernes y aún no habían recibido la partitura completa. Aquella misma mañana, más tarde, un amigo le contó por teléfono la nueva: ¡Vernon se había visto forzado a dimitir! Clive salió de casa a la carrera para comprar los periódicos. No había oído ni leído nada acerca del asunto desde *El Juez* del viernes, e ignoraba por tanto que la opinión pública se había vuelto claramente en contra de Vernon Halliday. Se sentó con una taza de café en el comedor y se puso a leer la prensa. Resultaba sombríamente satisfactorio ver confirmada su opinión sobre Vernon. Él había cumplido con su deber para con Vernon: había tratado de advertirle, pero Vernon no le había hecho ningún caso. Después de leer tres feroces críticas contra el ya ex director de *El Juez,* Clive fue hasta la ventana y se quedó mirando los macizos de narcisos contiguos al manzano del fondo del jardín. Tenía que admitirlo: se sentía mejor. El comienzo de la primavera. Pronto habría que adelantar los relojes. En abril, tras el estreno de la sinfonía, iría a Nueva York a visitar a Susie Marcellan. Y luego a California, donde una de sus obras figuraba en el programa del festival musical de Palo Alto. Entonces se percató de que sus dedos golpeaban el radiador siguiendo un ritmo nuevo, y se le ocurrió un cambio de «clima», de tono, en el que una nota se prolongaba sobre cambiantes armonías y un fiero ritmo de timbales. Se dio la vuelta y atravesó corriendo el comedor. Tenía una idea, tal vez un tercio de una idea, y antes de que se le fuera de la cabeza tenía que llegar al piano.

Una vez en el estudio, barrió libros y viejas partituras de la mesa con el brazo para hacerse un hueco donde trabajar, y cogió una hoja de papel pautado y un lapicero de afilada punta, y había pergeñado ya una clave de *sol* cuando oyó que llamaban a la puerta. Su mano quedó en suspenso, y aguardó. El timbre de la puerta volvió a sonar. No iba a bajar a abrir, no en *aquel* momento, cuando se hallaba a punto de dar con la variación que tan pertinazmente se le estaba hurtando. Sería alguien que, tal vez fingiendo ser un ex minero del carbón, intentaría venderle una funda para la tabla de planchar. El timbre volvió a sonar; después, la casa volvió quedar en silencio. Quienquiera que fuera –se dijo– se había ido. Durante un instante, la evanescente idea que acababa de aflorarle se le escapó de entre los dedos. Luego volvió a aprehenderla –o parte de ella, al menos–, y empezaba ya a esbozar un nuevo acorde cuando sonó el teléfono. Tendría que haberlo desconectado, rezongó para sus adentros. Irritado, levantó bruscamente el auricular.

–¿Señor Linley?

–¿Sí?

–Le habla la policía. Departamento de Investigación Criminal. Estamos aquí fuera, ante su puerta principal. Le agradeceríamos que nos concediera unos minutos.

—Oh, verá... ¿Les importaría volver dentro de media hora?

—Me temo que no es posible. Tenemos que hacerle unas preguntas. Puede que tengamos que pedirle que asista a un par de ruedas de reconocimiento en Manchester. Que nos ayude a identificar a un sospechoso. No le llevaría más de un par de días. Así que, si no le importa abrirnos, señor Linley...

2

En su prisa por salir para el trabajo, Mandy había dejado entreabierta la puerta del armario, de tal suerte que ahora el espejo ofrecía a Vernon una estrecha y vertical franja de sí mismo. Estaba incorporado, recostado sobre las almohadas, con la taza de té que ella le acababa de llevar sobre la panza, la cara sin afeitar –blanca azulada– en la difusa penumbra del dormitorio, con las cartas y el correo publicitario y los periódicos esparcidos a su alrededor... La viva estampa del desempleo. *Parado.* De pronto entendió cabalmente el significado de aquella palabra tan frecuente en las páginas económicas de los diarios. Aquel martes por la mañana dispondría de muchas horas *ociosas* para rumiar todas las humillaciones e ironías acumuladas desde la víspera, cuando había sido destituido. Era curioso, por ejemplo, el modo en que había recibido la carta en su despacho de manos de una inocente redactora, la misma llorosa y disléxica redactora a quien recientemente él había salvado del despido. Y la carta misma, pidiéndole cortésmente la dimisión y ofreciéndole a cambio un año de salario. Había una velada referencia a los términos de su contrato, a través de la cual –conjeturó Vernon– los miembros del consejo de administración deseaban sugerirle, sin necesidad de decirlo explícitamente, que si se negaba y se veían obligados a despedirle no percibiría indemnización alguna. La carta concluía amablemente haciéndole saber que, en cualquier caso, cesaba en su puesto aquel mismo día y que el consejo deseaba felicitarle por su brillante labor al frente del diario, y desearle mucha suerte en su futura andadura profesional. Así estaban, pues, las cosas. Tenía que despejar el campo en aquel mismo momento, y en su mano estaba hacerlo con o sin una suma de seis cifras.

En su carta de dimisión, Vernon había hecho constar que la difusión del periódico se había incrementado en más de cien mil ejemplares diarios. Al escribir aquella cifra, aquellos ceros, sintió un intenso dolor. Cuando salió a la antesala y le entregó el sobre a Jean, ésta apenas pudo mirar a los ojos a su jefe, y, cuando volvió a entrar en su despacho para recoger sus cosas de la mesa, el edificio le pareció extrañamente silencioso. Su instinto de director le dijo que todo el mundo lo sabía. Dejó la puerta abierta por si alguien quería cumplir con los trillados cánones de la amistad y brindarle su solidaridad de colega periodista. Lo que tenía que recoger cupo perfectamente en su cartera: una fotografía enmarcada de Mandy y los chicos, un par de cartas «pornográficas» de Dana, escritas en el papel de la Cámara de los Comunes. Pero al parecer nadie se apresuraba a asomarse para expresarle su indignada simpatía. Ninguna ronca turba de colegas en mangas de camisa para despedirle calurosamente a la vieja usanza. Perfecto, pues. Se iba. Llamó a Jean por el interfono y le pidió que le dijera al chófer que iba a bajar en aquel mismo momento. Jean le devolvió la llamada para informarle de que ya no había ningún chófer a su disposición.

Se puso el abrigo, cogió la cartera y salió a la antesala. Jean, al parecer, se había buscado algún quehacer urgente, pues no estaba en su mesa. Tampoco se cruzó con nadie –ni una mísera alma en el pasillo– camino del ascensor. La única persona que dijo adiós al ya ex director de *El Juez* fue el conserje del periódico, quien también le informó de la identidad de su sucesor: el señor Dibben. Mediante una leve inclinación de cabeza, Vernon logró dar la impresión falaz de que conocía tal detalle. Cuando salió del edificio estaba lloviendo. Levantó el brazo para llamar a un taxi, pero recordó de pronto que apenas llevaba dinero encima. Cogió el metro, y luego recorrió a pie, bajo un intenso aguacero, los aproximadamente ochocientos metros que le separaban de su casa. Fue directamente a servirse un whisky, y cuando Mandy entró en la sala entabló con ella una violenta disputa, cuando lo único que su mujer quería era consolarle.

Se acomodó contra las almohadas con la taza de té en la mano mientras su cuentarrevoluciones mental registraba el censo completo de insultos y humillaciones. No bastaba con que Frank Dibben fuera un traidor, ni que sus colegas le hubieran abandonado, ni que todos y cada uno de los periódicos de la capital estuvieran celebrando su destitución, ni que el país entero jaleara el total aplastamiento de la Pulga, ni que Garmony siguiera campando por sus respetos: sobre la cama, a su lado, descansaba aquella pequeña tarjeta cargada de ponzoña que se regodeaba con su caída, aquella tarjeta escrita por su amigo más antiguo, por alguien tan moralmente «eminente» que prefería que una mujer fuera violada a interrumpir durante un rato su trabajo. Un tipo absolutamente odioso, y demente. Y vengativo. Era la guerra. Perfecto. Aprestémonos a ella, no vacilemos. Apuró la taza, levantó el teléfono y marcó el número de un amigo del New Scotland Yard, un contacto de sus días ya lejanos de redactor de Sucesos. Quince minutos después le había facilitado todos los detalles: había hecho lo que debía. Pero Vernon seguía con sus pensamientos, aún no se sentía satisfecho. Al parecer Clive no había infringido la ley. Se le presionaría un tanto para que cumpliera con su deber, eso era todo. Pero a Vernon no le bastaba. La culpable omisión de Clive debía tener sus consecuencias. Vernon siguió en la cama una hora más dándole vueltas al asunto, y después se vistió, y se pasó la mañana vagando por la casa alicaído, sin afeitarse, sin contestar al teléfono. Para consolarse cogió el *Juez* del viernes anterior. Era una primera plana brillante, no había duda. Se equivocaba todo el mundo. El resto del periódico también tenía enjundia, y Lettice O'Hara había hecho un trabajo espléndido con el reportaje sobre Holanda. Algún día, especialmente si Garmony llegaba a primer ministro y el país se iba al traste, la gente lamentaría haber hecho que despidieran a Vernon Halliday.

Pero su consuelo fue fugaz, porque eso tal vez pudiera acontecer en el futuro, pero ahora era el presente, y le acababan de poner de patitas en la calle. Estaba en casa cuando debería estar en su despacho. Sólo conocía un oficio, y ya nadie volvería a contratarle. Había caído en desgracia y era demasiado viejo para reciclarse. Su consuelo era asimismo fugaz porque sus pensamientos volvían una y otra vez a aquella tarjeta odiosa, a aquel cuchillo que no dejaba de apuñalarle, a aquel puñado de sal sobre la herida, y a medida que transcurría el día la tarjeta de Clive fue encarnando cada uno de los agravios de las últimas veinticuatro horas. Aquel breve mensaje condensaba todo el veneno acumulado: la ceguera de sus acusadores, su hipocresía, su carácter vengativo y, por encima de todo, el elemento que Vernon consideraba más nefasto de los vicios humanos: la traición personal.

En el idioma inglés, que tanta importancia concede a la acentuación de las palabras, proliferan las malas interpretaciones. Merced a un mero desplazamiento hacia atrás del acento fonético, un verbo se convierte en un sustantivo, un acto en una cosa. «Rehusar» (negarse a aceptar algo que uno considera erróneo) se convierte de un plumazo en «desechos» (un montón de basura).[1] Y sucede lo mismo con las frases. Lo que Clive había pretendido escribir el jueves y había puesto en el buzón el viernes era: «Mereces que te despidan.» Pero lo que por fuerza hubo de leer Vernon el martes siguiente a su destitución fue: «Mereces que te hayan despedido.»[2] Si la tarjeta hubiera llegado a sus manos el lunes, seguramente la habría leído de distinta forma. El sino de ambos hombres no careció, pues, de cierto matiz cómico; un simple sello de más precio les habría librado del malentendido. Aunque acaso no fue posible otro desenlace y en ello residió la naturaleza trágica de su destino. Y, en efecto, Vernon iría ahondando en su amargura a medida que pasaba el día, para acabar pensando, de un modo harto oportunista, en el pacto que ambos habían suscrito no mucho tiempo atrás y en las terribles responsabilidades que tal pacto hacía recaer sobre sus hombros. Pues Clive, estaba claro, había perdido la razón y había que hacer algo al respecto. Tal determinación se veía reforzada por la sensación de que, en un momento en que el mundo le trataba de forma tan despiadada, en que su vida acababa de hacerse añicos, nadie estaba siendo tan cruel como su viejo amigo, y ello se le antojaba absoluta-

1. *Refuse*, verbo, se pronuncia «rifiús» y significa «rehusar»; *refuse*, sustantivo, se pronuncia «réfius» y significa «desechos, basura». *(N. del T.)*

2. La frase *«You deserve to be sacked»*, en este caso, adquiere un sentido diferente según el énfasis fonético —para cuya transcripción suele utilizarse la letra cursiva— se haga recaer en *deserve* o en *sacked*. En el primer caso, significaría «Mereces que *te despidan*», y en el segundo *«Mereces* que te hayan despedido». *(N. del T.)*

mente imperdonable. Y una insania. A veces les sucede a quienes rumian en exceso alguna injusticia: que el gusto por la venganza se alía muy oportunamente con el sentimiento del deber. Transcurrieron las horas, y Vernon cogió una y otra vez el ejemplar de *El Juez*, y leyó y releyó el reportaje sobre el escándalo médico en Holanda. Luego hizo varias indagaciones por teléfono. Y luego transcurrieron otras tantas horas ociosas en las que permaneció sentado en la cocina tomando café, contemplando el naufragio de todas sus expectativas vitales y preguntándose si debía llamar a Clive y simular que hacía las paces a fin de poder coger un avión y reunirse con él en Amsterdam.

3

¿Lo llevaba todo encima? ¿No había olvidado nada? ¿Era realmente legal? Clive consideraba estas cuestiones en el interior de un Boeing 757 que permanecía aparcado en medio de una heladora niebla en el extremo norte del aeropuerto de Manchester. El tiempo habría de mejorar en breve y el piloto quería conservar su puesto en la cola de despegue; los pasajeros, con un apagado rumor de voces, buscaban consuelo en el carro de las bebidas. Era mediodía, y Clive había pedido café, coñac y una chocolatina. Tenía un asiento de ventanilla en una fila vacía, y a través de unos claros en la niebla podía ver otros aviones en espera, compitiendo entre sí en hileras convergentes y desiguales (era algo burdo e inquietante: delgadas ranuras oculares bajo cerebros exiguos, brazos raquíticos y cargados, anos levantados y ennegrecidos; criaturas como aquéllas jamás podrían llegar a preocuparse unas por otras).

La respuesta era afirmativa: tanto las pesquisas previas como la planificación habían sido meticulosas. Iba a suceder, se dijo, y sintió un estremecimiento. Levantó la mano en dirección a la risueña azafata de airoso sombrero azul, que parecía *personalmente* encantada de que Clive hubiera decidido pedir otra diminuta botella de coñac y se brindaba a llevársela al instante. Después de todo, dado lo que había tenido que pasar y los tormentos que le esperaban, y dada la certeza de que ahora los acontecimientos habrían de sucederse con vertiginosa rapidez, no se sentía tan mal. Se perdería las primeras horas del ensayo, pero una orquesta tanteando una nueva obra... no era ningún plato de buen gusto. Quizá lo más sensato fuera perder todo el primer día. Su banco le había asegurado que no estaba prohibido llevar en el maletín diez mil dólares en metálico, y que en el aeropuerto de Schiphol no le pedirían explicaciones. En cuanto a su declaración a la policía de Manchester, había manejado el asunto con una razonable habilidad. Le habían tratado con respeto, y podía hasta sentir una pizca de nostalgia del ambiente tonificante de la comisaría y de aquellos policías siempre en vilo con quienes había trabajado de forma tan grata.

Recordó que al llegar de la estación con el más sombrío de los talantes, después de haber maldecido a Vernon a lo largo de todos y cada uno de los kilómetros de vía férrea desde Euston, el inspector jefe en persona salió al vestíbulo a recibir al «gran compositor». Parecía enormemente agradecido por el hecho de que Clive hubiera viajado desde Londres para cooperar con la investigación. De hecho nadie parecía molesto por que no se hubiera prestado a hacerlo antes. Estaban encantados –según le manifestaron varios policías– de contar con su ayuda en aquel caso concreto. En la entrevista, mientras realizaba su declaración, los dos inspectores le aseguraron que se hacían cargo de lo duro que tenía que ser componer una sinfonía por encargo y con un plazo inamovible pendiendo sobre él como una espada de Damocles, y del dilema al que se había visto enfrentado mientras se ocultaba sobre aquella losa durante el incidente. Se hallaban enteramente dispuestos a entender las dificultades que implicaba la composición de una melodía de tamaña trascendencia. ¿No podría tararearla un poco? Cómo no, había respondido Clive. De cuando en cuando alguno de los dos decía algo como «Bueno, ahora volvamos a lo que pudo ver de aquel tipo». Resultó que el inspector jefe estaba cursando una licenciatura en literatura inglesa en la Open University, y sentía un interés especial por Blake. En la cantina, ante sendos sándwiches de bacon, el inspector jefe demostró saber de memoria «A poison tree», y Clive le contó que en 1978 había escrito la versión musical de aquel poema, interpretada al año siguiente (y ni una sola vez más desde entonces) por Peter Pears en el Aldeburgh Festival. En la cantina, dormido sobre dos sillas unidas, había un bebé de seis meses. La joven madre, encerrada en una celda de la planta baja, se recuperaba de una farra alcohólica. Durante todo el primer día Clive pudo oír los lastimeros gritos y gemidos de la mujer subiendo a ráfagas por el desconchado hueco de la escalera.

Se le permitió entrar en el corazón mismo de la comisaría, donde los detenidos hacían frente a sus acusadores. A última hora de la tarde, mientras hacía una pausa en su declaración, presenció una refriega que tuvo lugar ante el sargento de guardia: un quinceañero grande y sudoroso y con la cabeza rapada había sido sorprendido en el jardín trasero de una casa con una cizalla y un juego de ganzúas y una serreta curva y un mazo ocultos bajo la pelliza. Juraba y perjuraba que él no era un ladrón, y que por tanto no le iban a meter en el calabozo. Cuanto el sargento le aseguró que sí, que lo iban a poner entre rejas, el chico golpeó a un agente en la cara y hubo de ser reducido por otros dos policías, que le pusieron las esposas y se lo llevaron a rastras. Nadie parecía demasiado alterado, ni siquiera el agente con el labio partido, pero Clive se llevó una mano al corazón y hubo de permitir que le ayudaran a sentarse. Más tarde, un guardia trajo a un lívido y callado niño de cuatro años a quien habían encontrado vagando por el aparcamiento de un pub cerrado hacía tiempo. Al rato se presentó una llorosa familia irlandesa a reclamarlo. Dos chicas que se mordisqueaban las puntas del pelo, gemelas e hijas de un padre violento, entraron pidiendo protección y fueron tratadas con una familiaridad jocosa. Una mujer con una herida sangrante en la cara puso una denuncia contra su marido. Una dama negra y provecta, cuya osteoporosis le hacía caminar muy encorvada, había sido expulsada de su cuarto por su nuera y no tenía adónde ir. Los asistentes sociales entraban y salían constantemente, y la mayoría de ellos parecían tan proclives al crimen, o tan desdichados, como sus propios asistidos. Fumaba todo el mundo. Bajo las luces fluorescentes todo el mundo parecía enfermo. Se consumía un té abrasador en vasos de plástico, y se oían muchos gritos, y rutinarias y trilladas maldiciones, y ominosas amenazas que nadie tomaba en serio. Eran una desdichada gran familia con problemas intrínsecamente insolubles. Y aquélla era la sala familiar. Clive se encogía tras su té rojo oscuro. En su mundo era raro quien pronunciaba una palabra más alta que otra, y durante toda la velada se vio sumido en un estado de exhausta excitación. Prácticamente todos los que acudían a la comisaría, voluntariamente o no, tenían un aire pobre y desastrado, y Clive tuvo de pronto la impresión de que el primer cometido policial no era sino lidiar con las innúmeras e impredecibles consecuencias de la pobreza, que era lo que aquellos hombres hacían con bastante más paciencia y menos remilgos de lo que él jamás había sido capaz pese a sus buenas intenciones.

Recordó cómo en un tiempo había llamado cerdos a

los policías, y argumentado, durante su «flirteo» con el anarquismo en 1967, que la policía era la causa misma del crimen, y que llegaría un día en que no sería necesaria. Durante todo el tiempo que pasó en aquella comisaría fue tratado con cortesía, e incluso con deferencia. Al parecer *les caía bien*, y Clive llegó a preguntarse si no poseería ciertas cualidades que jamás había creído poseer: modales suaves, apacible encanto, tal vez autoridad... Cuando, a la mañana siguiente, llegó el momento de la rueda de reconocimiento, deseaba con todas sus fuerzas no decepcionar a nadie. Le condujeron a un patio tras el que aparcaban los coches patrulla, y se vio frente a una docena de hombres en fila y de espaldas a un muro. Clive reconoció de inmediato al hombre: el tercero por la derecha, el sujeto de la cara larga y delgada y la gorra de tela. Qué alivio. Cuando volvieron al interior, uno de los inspectores cogió a Clive por el brazo y se lo apretó con fuerza, pero no dijo nada. Se respiraba una atmósfera de júbilo contenido, y todo el mundo parecía apreciarle aún más. Se pusieron a trabajar en equipo; Clive había aceptado el papel de testigo clave del ministerio fiscal. Luego tuvo lugar una segunda rueda de reconocimiento, y esta vez la mitad de los hombres tenían caras largas y delgadas y llevaban gorras de tela. Pero Clive también reconoció a su hombre: a un extremo de la fila, sin gorra. De nuevo en el interior, los policías le informaron de que esta segunda identificación no había sido tan importante. De hecho debían descartarla por razones administrativas. Aunque en general estaban muy satisfechos con su generosa entrega a la «causa». Podía considerarse un policía honorario. Tenían un coche patrulla a la puerta que estaba a punto de salir en dirección al aeropuerto. Dado que iba a coger un avión, ¿aceptaría que le llevara un coche del cuerpo?

Le dejaron ante el edificio de la terminal. Mientras se

apeaba del asiento trasero y se despedía del inspector, advirtió que el policía que se sentaba al volante era el hombre a quien había identificado en la segunda rueda de reconocimiento. Pero nadie creyó necesario comentar el hecho, y estrechó la mano del falso violador.

4

El vuelo llegó con dos horas de retraso al aeropuerto de Schiphol. Clive tomó el tren hasta la Estación Central, y de allí fue a pie hasta el hotel dando un paseo a la tenue luz gris de la tarde. Mientras cruzaba el Puente volvió a pensar en lo tranquila y civilizada que era la ciudad de Amsterdam. Dio un amplio rodeo en dirección oeste para pasar por la Brouwersgracht. Llevaba una maleta muy liviana. Resultaba tan reconfortante aquella masa de agua en medio de la calle... Era un lugar tan tolerante, tan libre de prejuicios, tan *adulto:* los antiguos y bellos almacenes de ladrillo y madera tallada convertidos en apartamentos de exquisito gusto, los modestos puentes de Van Gogh, el discreto mobiliario urbano, los sencillos e inteligentes holandeses en bicicleta, con sus sensatos niños a la espalda. Los tenderos parecían profesores; los barrenderos, músicos de jazz. No había existido nunca una ciudad más racionalmente ordenada. Mientras se dirigía hacia el hotel, Clive pensó en Vernon y en la sinfonía. Su obra, ¿se había echado a perder por completo, o simplemente adolecía de ciertas imperfecciones? Quizá no era que fuera imperfecta, sino que se había... «mancillado» de un modo que sólo él podía entender. Era una obra fatalmente «despojada» de su momento cumbre. El estreno le infundía pavor. Ahora podía decirse a sí mismo, con toda «sinuosa» sinceridad, que al llevar a cabo las diversas diligencias en bien de Vernon, él, Clive, no hacía más que cumplir su palabra. El que Vernon quisiera reconciliarse y hubiera decidido venir a Amsterdam no era sin duda más que una coincidencia, o quizá un viaje de mera conveniencia. En algún lugar de su enturbiado, desequilibrado corazón, Vernon había aceptado su destino y se ponía en manos de su viejo amigo.

Reflexionaba en estas cosas cuando por fin llegó al hotel, donde le informaron que la recepción era a las siete y media de la tarde. Desde la habitación llamó a su contacto, aquel buen médico, para tratar de los preparativos y, por última y definitiva vez, de los síntomas: conducta imprevisible, estrafalaria y sobremanera antisocial; total pérdida de juicio; tendencias autodestructivas, delirios de omnipotencia; personalidad *desintegrada*. Hablaron asimismo de la *pre*medicación. ¿Cómo debía ser administrada? Su interlocutor le sugirió una copa de champán, lo que a Clive le pareció el «toque» festivo idóneo.

Aún debía ocuparse de las dos horas de ensayo, de forma que, después de dejar el sobre del dinero en recepción, Clive pidió al portero que llamase a un taxi, y al cabo de unos minutos se apeó frente a la entrada de artistas, a un costado del edificio del Corcertgebouw. Al pasar ante el portero y empujar las puertas giratorias que le conducirían hasta las escaleras, oyó el sonido apagado de la orquesta. El movimiento final. Era previsible. Mientras subía las escaleras iba corrigiendo el pasaje: eran las trompas las que ahora deberían estar sonando, no los clarinetes; y los timbales debían sonar *piano*. *Es mi música.* Era como si unos cuernos de caza lo estuvieran llamando, convocando para que regresara a sí mismo. ¿Cómo podía

176

haberse alejado tanto? Llegó al rellano y apretó el paso. Podía oír lo que había escrito. Se dirigía hacia una representación de sí mismo. Todas aquellas noches en soledad. La odiosa prensa. El viaje a Allen Crags. ¿Por qué se había pasado toda la tarde perdiendo el tiempo, por qué había estado posponiendo aquel momento? Le costó un gran esfuerzo no echar a correr por el pasillo en curva que conducía al auditórium. Empujó una puerta, y se detuvo a tomar aliento.

Había llegado, como pretendía, a la parte alta del fondo del escenario, de espaldas a la orquesta (detrás de los percusionistas). Los músicos no podían verle, pero sí su director. Pero Giulio Bo tenía los ojos cerrados. Alzado sobre las puntas de los pies, inclinado hacia adelante, con el brazo izquierdo tendido hacia la orquesta, sus dedos trémulos y abiertos despertaban suavemente a la vida al trombón con sordina que ahora empezaba a ofrecer dulce, sabia, *confabuladoramente,* el primer desarrollo completo de la melodía, el «Nessun dorma» de final de siglo, la melodía que Clive había tarareado a los inspectores el día anterior y por la que había estado dispuesto a abandonar a su suerte a una excursionista anónima. Acertadamente. Mientras las notas se encrespaban, mientras todos los instrumentos de cuerda disponían sus arcos para ofrecer los primeros y sostenidos suspiros de sus armonías deslizantes y sinuosas, Clive se acomodó en silencio en una silla y sintió que iba sumiéndose en una especie de desvanecimiento. Ahora las texturas se multiplicaban al incorporarse a la confabulación del trombón nuevos instrumentos, y la disonancia se propagaba como por contagio, y pequeñas y duras esquirlas —las variaciones que no habrían de conducir a ninguna parte— se alzaban hacia lo alto como chispas que de cuando en cuando chocaban y producían las primeras vislumbres del vertiginoso muro de sonido, del maremoto que empezaba ya a gestarse y pronto barrería cuanto encontrase a su paso, para acabar destruyéndose a sí mismo en el lecho de roca de la tónica y su escala. Pero antes de llegar a este punto el director golpeó el atril con la batuta, y la orquesta fue dejando de tocar remisa, discontinuamente. Bo esperó a que hubiera enmudecido el último instrumento, y entonces alzó ambas manos en dirección a Clive y gritó:

–¡Bienvenido, maestro!

Las cabezas de los miembros de la British Symphony Orchestra se volvieron hacia él, y Clive se puso en pie. Mientras bajaba al escenario empezó a oírse un golpeteo cada vez más fuerte de arcos contra los atriles. Una trompeta esbozó un *apunte* de cuatro notas del concierto en *re* mayor (el de Clive, no el de Haydn). ¡Ah, estar en Europa continental y ser compositor! Qué delicia. Abrazó a Giulio, estrechó la mano del primer violín, saludó al resto de los músicos con una sonrisa y una leve inclinación de cabeza –con las manos tendidas a media altura en señal de humilde entrega–, y se volvió al director para susurrarle algo al oído. Clive no dirigiría en aquel momento a la orquesta su pequeña alocución acerca de la obra. Lo haría a la mañana siguiente, cuando todo el mundo estuviera descansado y fresco. Ahora le haría feliz volver a sentarse y seguir escuchando. Añadió las observaciones sobre el clarinete y las trompas, sobre el *piano* de los timbales.

–Sí, sí –dijo Giulio de inmediato–. Ya entiendo.

Antes de volver a ocupar su asiento, Clive reparó en la gravedad solemne de las caras de los músicos. Habían trabajado duro durante todo el día. La recepción en el hotel probablemente les levantaría el ánimo. El ensayo continuó. Bo perfeccionó el pasaje que Clive acababa de escuchar; hizo tocar separadamente a las diferentes partes de la orquesta e indicó a los músicos pequeñas modificaciones

–en los *legatos*, por ejemplo–. Clive, en su asiento, trató de evitar que acapararan su atención los detalles técnicos. Ahora era la música lo que importaba, la prodigiosa mutación del pensamiento en sonido. Se encorvó hacia adelante, con los ojos cerrados, concentrándose en cada fragmento que Bo estaba puliendo. A veces Clive trabajaba tan exhaustivamente en una pieza que llegaba incluso a perder de vista su propósito último: crear ese placer a un tiempo sensual y abstracto, traducir en aire vibrante ese *algo* inefable cuyos significados se hallaban siempre, eternamente, más allá de nuestro alcance, seductoramente suspendidos en ese punto en que se funden la emoción y el intelecto. Ciertas secuencias de notas no lograban recordarle más que el reciente esfuerzo de escribirlas. Bo ensayaba ahora el siguiente pasaje, que no era tanto un *diminuendo* como un auténtico *encogimiento,* y que a Clive le llevó a evocar el desorden de su estudio aquel día, a la luz del alba, y aquel «atisbo» que había tenido sobre sí mismo y que apenas se había atrevido a formular. *Grandeza.* ¿Era un idiota por haberse permitido albergar tal pensamiento? Sin duda tenía que darse un primer momento de reconocimiento de la propia valía, y sin duda tal momento siempre sería percibido por el sujeto como absurdo.

Ahora volvía a oírse el trombón, y un enmarañado y contenido *crescendo* que acabó por desarrollar la reafirmación final de la melodía: un atronador y carnavalesco *tutti.* Pero, oh fatalidad, *sin variación alguna.* Clive se llevó las manos a la cara. Con razón se había preocupado... Era una obra malograda. Antes de salir para Manchester había enviado las páginas como estaban. No tuvo elección. Y ahora no podía recordar el exquisito cambio que había estado a punto de introducir en la melodía final. Habría sido el momento de reafirmación triunfal de la sinfonía, el acopio de todo lo jubilosamente humano antes de la destrucción que se avecinaba. Pero así ofrecida, cual una mera repetición en *fortissimo*, no era sino grandilocuencia carente de imaginación, un paso repentino de lo sublime a lo prosaico; menos aún: era vacío, un vacío que sólo la venganza podría llenar.

El ensayo llegaba a su término, y Bo dejó que la orquesta tocara hasta el final. Clive siguió hundido en su asiento. Ahora todo le sonaba diferente. El tema se deslizaba hacia el maremoto de la disonancia, e iba ganando en volumen gradualmente, pero el resultado sonoro era harto incongruente, como si veinte orquestas estuvieran afinando en *la* sus instrumentos. No era en absoluto disonante. Todos los instrumentos tocaban prácticamente la misma nota. No era sino un sonsonete monocorde. Una gigantesca gaita que necesitaba ser reparada. Clive no alcanzaba a oír más que aquel *la*, que saltaba de un instrumento a otro, de una sección a otra de la orquesta. Su don del perfecto oído le resultó de pronto un tormento. Aquel *la* le estaba taladrando el cerebro. Tuvo ganas de echar a correr y abandonar el auditórium, pero estaba justo en la línea de visión de Giulio Bo, y las consecuencias de un abandono del ensayo de su propia obra minutos antes del final eran de todo punto inimaginables. Así que se hundió aún más en el asiento, y ocultó la cara entre las manos en actitud de honda concentración hasta el silencio final.

Habían acordado que Clive volvería al hotel en el Rolls del director, que aguardaba ante la entrada de artistas. Pero Bo tuvo que demorarse con asuntos de la orquesta, y Clive dispuso de un rato para sí mismo en los oscuros aledaños del Concertgebouw. Dio un paseo entre el gentío congregado en Van Baerlestraat. Empezaban a llegar los espectadores del concierto vespertino: Schubert. (¿Es que el mundo no había escuchado ya bastante al sifilítico de Schubert?) Se detuvo en una esquina de la calle y aspiró el suave aire de Amsterdam, que siempre parecía dejar cierto regusto a humo de cigarro y a ketchup. Conocía perfectamente su partitura, y sabía por tanto cuántos *las* había, y cómo debía sonar cada sección de la orquesta. Acababa de ser víctima de una alucinación auditiva, de una ilusión –o una *des*ilusión– de los sentidos. La ausencia de la variación había arruinado su obra maestra. Ahora se sentía más seguro que nunca respecto al plan que había trazado. Ya no era la furia lo que le movía, ni la aversión ni el odio, ni la necesidad de cumplir su palabra. Lo que estaba a punto de hacer era contractualmente correcto, y poseía la amoral inevitabilidad de la pura geometría. Y no sentía nada en absoluto.

En el coche, Bo sacó a colación el trabajo de la jornada, y habló de las secciones –la mayoría– que interpretaban debidamente la partitura, y de la una o dos con las que habría que trabajar aparte al día siguiente. Pese a ser consciente de sus imperfecciones, Clive deseaba que el gran director bendijese su sinfonía con algún delicado halago, y le hizo la pregunta siguiente:

–¿Cree que hay suficiente cohesión en el conjunto de la obra? Estructuralmente, me refiero.

Giulio Bo se inclinó hacia adelante para correr el cristal que les separaba del chófer.

–Está bien, todo está bien. Pero, entre nosotros... –Bajó el tono de voz–: Creo que el segundo oboe, esa chica joven... La verdad es que es preciosa, pero su forma de tocar no es perfecta. Afortunadamente, no ha escrito nada difícil para ella. Ya digo, es una belleza. Y va a cenar conmigo esta noche.

Durante el resto del breve trayecto, Bo recordó cosas de su gira europea –a punto de terminar– con la British Symphony Orchestra, y Clive evocó la última ocasión en que ambos habían trabajado juntos: en Praga, en una reposición de *Derviches sinfónicos.*

–Ah, sí –exclamó Bo, mientras el coche se detenía ante la entrada del hotel y el chófer le abría la portezuela para que se apeara–. Lo recuerdo. ¡Un magnífico trabajo! La inventiva de la juventud, tan difícil de recuperar, ¿eh, maestro?

Se separaron en el vestíbulo: Bo para hacer una rápida aparición en el festejo de bienvenida, Clive para recoger un sobre en el mostrador de recepción, donde le informaron de que Vernon había llegado hacía media hora, y había salido para asistir a una entrevista. La fiesta ofrecida a orquesta, prensa y amigos del círculo musical se estaba celebrando en una larga galería iluminada por arañas situada al fondo del hotel, ante cuyo umbral un camarero recibía a los invitados con una bandeja de bebidas. Clive cogió una copa de champán para Vernon y otra para él; se retiró a un rincón que vio vacío y se acomodó en un mullido asiento empotrado bajo los ventanales. Luego leyó las instrucciones del médico y abrió un sobrecito lleno de un polvo blanco. De cuando en cuando miraba hacia la puerta. Cuando Vernon le había llamado a principios de semana para disculparse por haber puesto al corriente a la policía –«he sido un imbécil; el agobio del trabajo; una semana de pesadilla», etcétera–, y sobre todo cuando le propuso volar a Amsterdam para sellar la reconciliación –aduciendo, además, que tenía asuntos que tratar en la capital de Holanda–, Clive le había respondido con una convincente gentileza, pero al colgar el auricular las manos le temblaban. Y también le temblaron ahora al vaciar el contenido del sobre en el champán de Vernon. Después de una breve efervescencia, el líquido recuperó su anterior quietud. Con el dedo meñique Clive limpió la delgada capa de espuma grisácea que había quedado en el borde de la copa. Luego se puso de pie y cogió una copa en cada mano. La de Vernon en la derecha, la suya en la izquierda. Era vital no olvidarlo. Vernon tenía razón.[1] Aunque estuviera equivocado.

A Clive, ahora, mientras se abría paso entre el bullicio festivo de músicos, administradores del arte y críticos, ya sólo le preocupaba un problema: cómo persuadir a Vernon para que se tomara aquella copa antes de que llegara el médico. Tal vez lo mejor fuera salirle al paso en el umbral de la galería, antes de que pudiera coger una copa de la bandeja. El champán se le derramó por las muñecas al tener que sortear al ruidoso grupo de la sección de viento; luego hubo de retroceder un buen trecho para evitar a los contrabajistas, que, en clara rivalidad con sus colegas de los timbales, parecían ya borrachos. Al cabo se quedó al calor de la mesurada camaradería de los violinistas, que habían permitido que se les unieran los flautas y flautines. En este grupo había más mujeres, lo que a Clive le causó un efecto sedante. Formaban gorjeantes dúos y tríos, y el aire a su alrededor olía gratamente a perfume femenino. A un costado, tres hombres hablaban de Flaubert en voz muy baja. Clive encontró un retazo de alfombra libre desde la que podía ver con claridad las altas puertas dobles que daban al vestíbulo. Tarde o temprano alguien se acercaría a hablarle. (No imaginaba, empero, que habría de ser tan de inmediato.) El pequeño y despreciable Paul Lanark, el crítico que había proclamado a Clive el Gorecki del «hombre pensante»; luego se había retractado públicamente: Gorecki era el Linley del «hombre pensante». ¿Cómo podía tener el valor de acercarse?

---

1. Juego de palabras intraducible. *Vernon was right* significa a un tiempo «[La copa de] Vernon era [la de] la derecha» y «Vernon tenía razón». De ahí que Clive añada: «Aunque estuviera equivocado.» *(N. del T.)*

—Ah, Linley. ¿Alguna de esas copas es para mí?

—No. Y hágame un favor: lárguese.

Le habría ofrecido con mucho gusto la copa de la mano derecha. Clive se había dado ya media vuelta, pero el crítico estaba borracho y quería divertirse.

—He oído hablar de su última obra. ¿Se titula realmente *Sinfonía del Milenio?*

—No. La prensa la ha llamado así —dijo Clive en tono seco.

—He oído millones de cosas sobre ella. Dicen que ha «fusilado» usted a Beethoven de mala manera.

—Lárgate, imbécil.

—Supongo que usted lo llamará «muestreo». O «cita» posmoderna. Pero ¿no era usted *pre*moderno?

—Si no te largas ahora mismo voy a partirte esa estúpida cara.

—Entonces será mejor que me des una de esas copas. Así tendrás una mano libre.

Al mirar a su alrededor en busca de algún sitio donde dejar las copas, Clive vio que Vernon se acercaba hacia él con una gran sonrisa en los labios. Pero también él llevaba dos copas llenas en las manos.

—¡Clive!

—¡Vernon!

—Oh —dijo Lanark, simulando un tono adulador—. La Pulga en persona.

—Toma —dijo Clive—. Tengo una copa preparada para ti.

—Y yo otra para ti.

—Bueno...

Ambos, entonces, le dieron una de las copas a Lanark. Luego Vernon le ofreció la otra copa a Clive, y Clive la suya a Vernon.

—¡Salud!

Vernon le dirigió a Clive un gesto de cabeza y una mirada expresiva, y luego se volvió hacia Lanark.

–Hace poco he visto su nombre en una lista de gente muy distinguida. Jueces, jefes de policía, peces gordos de los negocios, ministros del gobierno...

Lanark enrojeció de placer.

–Ya, pero eso de que me vayan a nombrar sir no es más que una tontería.

–Eso por descontado. Pero yo me refiero a un orfanato de Gales. Una red de pederastas de lo más fina. Le han sacado en vídeo entrando y saliendo media docena de veces. Pensaba publicarlo en el periódico antes de que me dieran la patada, pero estoy seguro de que alguien recogerá el testigo.

Durante diez segundos como mínimo, Lanark se quedó erecto e inmóvil, con dignidad militar, con los codos pegados a los costados, las copas de champán tendidas hacia adelante y una sonrisa remota y helada en el semblante. Hubo unas cuantas señales de aviso: cierto abombamiento de los ojos, cierto matiz vidrioso en la mirada, cierto movimiento en la garganta, como de perístole al revés.

–¡Cuidado! –gritó Vernon–. ¡Échate hacia atrás!

Consiguieron brincar a tiempo para evitar la trayectoria curva del contenido de su estómago. La galería quedó repentinamente en silencio. Luego, en un prolongado, decreciente *glissando* de asco, la sección entera de cuerda, más los flautas y flautines, se precipitó hacia adelante en dirección a la sección de viento, dejando al crítico musical y su aportación de instantes antes –un piscolabis de media tarde en Oude Hoogstraat: patatas fritas y mayonesa– iluminados cenitalmente por una araña solitaria. Clive y Vernon fueron arrastrados por la multitud en fuga, y cuando llegaron a la altura de la puerta lograron zafarse de la riada y pasaron a la quietud del vestíbulo. Se sentaron en un banco y siguieron bebiendo su champán.

—Mucho mejor que pegarle —dijo Clive—. ¿Es cierto lo que le has dicho?

—Hasta este momento pensaba que no.

—Salud otra vez, Vernon.

—Salud. Y verás, lo que te dije lo dije en serio. Siento de veras haberte mandado a la policía a molestarte. Fue horrible por mi parte. Te pido disculpas contritas, incondicionales.

—No vuelvas a mencionarlo. Siento terriblemente lo de tu empleo y todo lo demás. Eras el mejor, en serio.

—Sellémoslo, entonces. ¿Amigos?

—Amigos.

Vernon vació su copa, bostezó y se puso en pie.

—Bien, si quieres que cenemos juntos tendré que echarme un rato. Estoy hecho polvo.

—Has tenido una semana muy dura. Creo que me daré un baño. ¿Te parece que nos veamos aquí abajo dentro de una hora?

—Estupendo.

Clive le vio alejarse hacia el mostrador de recepción para coger la llave. Apostados al pie de la doble escalinata del vestíbulo, un hombre y una mujer captaron de inmediato la mirada de Clive y asintieron con la cabeza. Segundos después siguieron a Vernon escaleras arriba, y Clive, después de pasearse unos minutos por el vestíbulo, se acercó a recepción a recoger su llave y subió a su habitación.

Minutos después estaba de pie en el cuarto de baño, completamente vestido, descalzo, inclinándose sobre la bañera, tratando de manipular el reluciente mecanismo dorado de obturación del desagüe. Había que levantarlo y simultáneamente echarlo hacia un lado, pero en aquel momento Clive no parecía con la suficiente destreza para hacerlo. Entretanto, el caldeado suelo de mármol le transmitía a través de las plantas de los pies una suerte de recordatorio sensual de su fatiga. Noches de vigilia en South Kensington, caos en la comisaría de Manchester, elogios en el Concertgebouw. También él había tenido una semana muy dura. Una breve cabezada antes del baño no le vendría nada mal. Volvió al dormitorio y se quitó los pantalones, se desabrochó la camisa y, con un gemido de placer, se entregó a la delicia blanda de la enorme cama. La dorada colcha de raso le acariciaba los muslos, y experimentó un éxtasis de abandono exhausto. Todo estaba bien. Pronto estaría en Nueva York visitando a Susie Marcellan, y aquella olvidada y abotonada parte de sí mismo volvería a florecer. Allí tendido, en aquella gloriosa suavidad de seda —hasta el aire era de seda en aquella cara habitación—, habría conseguido retorcerse de placer imaginándolo, pero comprobó que no podía ni mover las piernas. Tal vez, si ponía toda su mente en ello, si lograba dejar de pensar en el trabajo tan sólo una semana, podría llegar a enamorarse de Susie. Era una mujer estupenda, cabal en todos los sentidos, alguien con mucho aguante, alguien que jamás le fallaría. Al pensar en todo ello se sintió embargado por un súbito y hondo afecto por sí mismo: era el tipo de persona que merecía que le fueran fiel y no le fallaran nunca. Sintió que una lágrima se le deslizaba por el pómulo y le hacía cosquillas en la oreja, pero carecía de fuerzas para enjugársela. No hacía falta, porque se acercaba hacia su cama Molly —¡Molly Lane!— seguida de un tipo. La pequeña y coqueta boca, los grandes ojos negros, un nuevo peinado: una melena... Qué maravillosa mujer.

—¡Molly! —alcanzó a decir con voz ronca—. Siento no poder levantarme...

—Pobre Clive.

—Estoy tan cansado...

Molly le puso una mano fría en la frente.

—Cariño, eres un genio. Esa sinfonía es pura magia.

—¿Has estado en el ensayo? No te he visto.

—Estabas demasiado ocupado, y eres demasiado importante para darte cuenta de mi presencia. Mira, he venido con alguien que quiero que veas.

Clive, a lo largo de los años, había conocido a la mayoría de los amantes de Molly, pero a éste no sabía dónde ubicarlo.

Hábil socialmente como de costumbre, Molly se inclinó hacia él y le susurró al oído:

—Ya lo conoces. Es Paul Lanark.

—Claro, por supuesto. Con la barba no le he reconocido.

—El caso, pequeño Clive, es que quiere un autógrafo tuyo, pero es demasiado tímido para atreverse a pedírtelo.

Clive estaba dispuesto a hacer cualquier cosa por Molly, y por que Lanark se sintiera cómodo.

—No, no. No tengo el menor inconveniente.

—Le quedaría enormemente agradecido... —dijo Lanark, acercándole papel y pluma.

—No debería sentirse cohibido.

Clive garabateó su nombre en el papel.

—Y aquí también, si no le importa.

—No me importa, no me importa en absoluto.

El esfuerzo fue excesivo, y tuvo que volver a echarse. Molly se acercó de nuevo y le susurró al oído.

—Cariño, tengo que echarte un pequeño rapapolvo, y luego ya nunca volveré a mencionártelo. En serio, ¿sabes?, tendrías que haberme ayudado aquel día en el Distrito de los Lagos.

—¡Oh, Dios! ¿Eras tú, Molly? No me di cuenta, de veras...

–Siempre pusiste tu trabajo por delante, quizá con razón.

–Sí. No. Quiero decir que, si hubiera sabido que eras tú, el tipo aquel de la cara delgada se habría enterado de quién soy yo.

–Claro, claro...

Le puso la mano en la muñeca y dirigió el haz de luz de una pequeña linterna hacia sus ojos. ¡Qué mujer!

–Tengo tanto calor en el brazo... –susurró Clive.

–Pobre Clive. Por eso te estoy subiendo la manga, tonto. Ahora, Paul quiere mostrarte lo que piensa realmente de tu trabajo metiéndote en el brazo una aguja enorme.

El crítico musical hizo exactamente lo que Molly había dicho que haría, y Clive sintió un intenso dolor en el brazo. A veces los elogios dolían. Pero si algo había aprendido Clive a lo largo de su vida era aceptar un cumplido.

–Bueno, muchísimas gracias –dijo Clive en un puro gimoteo–. Es usted muy amable. Yo no diría tanto de mi trabajo, pero en fin... Me alegra que le guste, de veras, muchísimas gracias...

Desde la perspectiva del médico holandés y su enfermera, el compositor levantó la cabeza y, antes de cerrar los ojos, pareció intentar, ligeramente despegado de la almohada, la más modesta de las inclinaciones de cabeza.

Por primera vez en todo el día, Vernon estaba a solas. Su plan era sencillo. Cerró con sigilo la puerta que le separaba de la antesala, se sacudió los zapatos, descolgó el teléfono, despejó la mesa de papeles y libros y se acostó sobre ella. Faltaban cinco minutos para la reunión matinal, y no había nada malo en descabezar un sueñecito. Lo había hecho otras veces; además, al periódico tenía que interesarle que se mantuviera en plena forma. Mientras se acomodaba sobre la mesa tuvo una visión de sí mismo como una enorme estatua que dominaba el vestíbulo del edificio de *El Juez*, una gran figura reclinada, tallada en granito: Vernon Halliday, hombre de acción, director del diario. En postura de descanso. Pero sólo temporalmente, porque la reunión iba a empezar enseguida y, maldita sea..., los miembros de la redacción empezaban a entrar en el despacho. Debería haberle dicho a Jean que los hiciera esperar fuera. Le encantaban las historias que se contaban en los pubs a la hora del almuerzo sobre directores de los viejos tiempos... V. T. Halliday —ya sabéis, famoso por esto y por lo otro— solía dirigir las reuniones matinales *acostado sobre su mesa*. Sus subordinados tenían que hacer como que no se daban cuenta. Nadie se atrevía a decir nada. *Sin zapa-*

tos. En la actualidad los redactores no eran más que hombrecillos anodinos, contables con ínfulas. O mujeres en traje pantalón negro. ¿Un gin tónic doble, dice usted? Fue Vernon T., por supuesto, el autor de aquella célebre primera plana. Pasó todo el texto a la segunda página y dejó que fuera la fotografía la que *contara la historia.* Eran los tiempos en que los periódicos importaban de verdad.

¿Empezamos? Estaban todos. También Frank Dibben, y, a su lado –qué grata sorpresa–, Molly Lane. Para Vernon era un asunto de principios no mezclar sus vidas profesional y personal, así que no dedicó a Molly más que una formal inclinación de cabeza. Bella mujer, se dijo para sus adentros. Magnífica idea, la de teñirse de rubio. Y magnífica idea la de él, Vernon, al contratarla para el periódico. Siguiendo un criterio estrictamente profesional, claro. Su brillante trabajo en el *Vogue* de París. La gran M. Lane. *Jamás ordenó su apartamento. Jamás limpió un plato.*

Sin siquiera apuntalar la cabeza sobre el codo, Vernon dio comienzo al análisis del «día después». Una almohada había aparecido –no sabría decir cómo– bajo su cabeza. Lo que iba a decir gustaría mucho a los «gramáticos». Era de un artículo escrito por Dibben,

–Lo había dicho antes –dijo–. Pero lo volveré a decir. No puede hablarse de una «panacea» cuando sólo vale para una enfermedad concreta. Una panacea es un remedio universal. Así que hablar de una panacea para el cáncer no tiene ningún sentido.

Frank Dibben tuvo las agallas de acercarse a Vernon.

–Yo no estoy de acuerdo –dijo el subjefe de Internacional–. El cáncer puede adoptar muchas formas. Hablar de una panacea para el cáncer es, por tanto, una expresión idiomática perfectamente correcta.

Frank tenía la ventaja de la altura, pero Vernon permaneció en posición supina sobre la mesa para demostrar que no se sentía intimidado.

—Pues yo no quiero volver a verla en mi periódico —dijo con voz tranquila.

—Pero no es eso lo que más me importa ahora —dijo Dibben—. Quiero que me firmes la nota de gastos. —Tenía una hoja en la mano, y un bolígrafo.

El gran F. S. Dibben. *Hacía de sus gastos una forma de arte.*

Una petición indignante. ¡En la reunión de redacción de la mañana! En lugar de rebajarse a discutir, Vernon siguió con su repaso periodístico. Lo que venía a continuación también era para Frank (sacado del mismo artículo).

—Estamos en 1996, no en 1896. Cuando quieras decir «refutar», no digas «confutar».

Entonces, con cierta decepción por parte de Vernon, Molly se acercó a él para interceder por Dibben. ¡Por supuesto! Molly y Frank... ¿Cómo no se había dado cuenta antes? Molly tiraba de la manga de la camisa de Vernon, en una clara utilización de su relación personal con el director del periódico para beneficiar a su actual amante. Ahora se inclinaba hacia él para susurrarle al oído:

—Cariño, está muy endeudado. Necesitamos el dinero. Nos estamos instalando en ese apartamentito tan mono de la Rue de Seine...

Era una mujer bella de verdad. Jamás había podido negarle nada (y menos aún desde que le había enseñado a cocinar tan deliciosamente aquellas setas).

—De acuerdo. Pero rápido. Tenemos que seguir.

—Firma en estos dos sitios —dijo Frank—. Aquí arriba y aquí abajo.

Vernon escribió «V. T. Halliday, director» dos veces, y la tarea pareció llevarle un siglo. Cuando por fin logró hacerlo, siguió con sus comentarios. Molly le estaba subiendo la manga de la camisa, pero preguntarle por qué lo hacía hubiera vuelto a distraerle. Dibben seguía también rondando por su mesa. No podía dedicarles su atención en aquel momento. Tenía demasiadas cosas en que pensar. El corazón empezó a latirle con más fuerza cuando encontró un estilo oratorio de más alto tono «oracular».

–Volviendo al Próximo Oriente, este periódico es bien conocido por su postura pro árabe. No habremos de tener miedo, sin embargo, de condenar... las atrocidades de ambos bandos...

Vernon nunca llegaría a contarle a nadie el abrasador dolor que sentía en la parte alta del brazo, ni que había empezado a captar, si bien muy imprecisamente, dónde estaba realmente, qué había contenido aquella copa de champán y quiénes eran aquellos visitantes.

Pero interrumpió su discurso, y se quedó callado unos instantes, y luego, al cabo, susurró con reverencia:

–Me han chafado la exclusiva...

6

Aquella semana, el primer ministro decidió llevar a cabo una remodelación ministerial, y prácticamente todo el mundo convenía en que, a pesar de que la opinión pública se había decantado mayoritariamente en favor de Garmony, la fotografía de *El Juez* había arruinado su carrera. En cuestión de un día el ya ex ministro de Asuntos Exteriores descubrió, tanto en los pasillos de la sede del partido como entre los diputados parlamentarios, que contaba con muy pocos apoyos para disputar el liderazgo del partido en noviembre: en el país, en general, la «política de la emoción» bien podría haberle otorgado el perdón, o al menos una suerte de tolerancia, pero los políticos no ven con buenos ojos tal vulnerabilidad en un aspirante a líder. Estaba, pues, destinado al olvido político que había deseado para él el director de *El Juez*. Julian Garmony pudo desplazarse sin mayores problemas hasta la sala VIP del aeropuerto –adonde seguía teniendo acceso en virtud de su reciente cargo–, libre de papeles oficiales y sin funcionarios a su servicio guardándole los flancos. Se encontró con George Lane, que se estaba sirviendo un whisky en el bar.

–Ah, Julian... Ven, toma una copa conmigo.

No se habían visto desde la cremación de Molly, y se dieron la mano con cierta cautela. Garmony había oído rumores de que había sido Lane quien había vendido las fotografías, y Lane ignoraba cuánto podía *saber* Garmony. Éste, por su parte, no estaba demasiado al tanto de la actitud de Lane respecto a su romance con Molly. Y Lane tampoco sabía muy bien si Garmony era consciente de lo mucho que él, George, le detestaba. Iban a viajar a Amsterdam juntos para repatriar los féretros a Inglaterra, George en calidad de viejo amigo de los Halliday y de mentor de Vernon en *El Juez*, y Julian, a instancias de la Fundación Linley, como valedor de Clive en el gabinete ministerial. Los miembros del comité de la Fundación confiaban en que la presencia del ex ministro de Asuntos Exteriores aceleraría el engorroso papeleo que llevaba aparejado cualquier repatriación de unos restos mortales.

Se abrieron paso con sus bebidas a través de la atestada sala —casi todo el mundo era VIP hoy día— y descubrieron un rincón relativamente tranquilo junto a la puerta de los lavabos.

—Por los que nos han dejado.

—Por los que nos han dejado.

Garmony se quedó pensativo unos instantes, y luego dijo:

—Mira, ya que estamos juntos en esto, será mejor que dejemos las cosas claras. ¿Fuiste tú quien puso en circulación las fotografías?

George Lane dio un largo sorbo a su vaso, y dijo en tono apenado:

—Como hombre de negocios os he apoyado lealmente y he contribuido a los fondos del partido. ¿Qué iba yo a sacar de ello? Halliday ha debido de tenerlas «aparcadas» desde hace tiempo, a la espera del mejor momento.

—He oído que se pujó por el *copyright*.

—Molly le dejó el *copyright* a Clive Linley. Así que Clive debe de haber sacado un buen dinero. No he querido preguntar cuánto.

Mientras bebía su copa, Garmony razonó que, como es lógico, *El Juez* silenciaría sus fuentes. Si Lane estaba mintiendo, mentía muy bien. Si no mentía, al infierno con Linley y con todas sus obras.

Llamaron a su vuelo. Mientras bajaban las escaleras hacia la limusina que les aguardaba en el asfalto, George le puso una mano en el brazo a Julian, y dijo:

—¿Sabes? Creo que saliste del apuro bastante bien.

—Oh, ¿tú crees?

Con tacto, como si no lo estuviera haciendo deliberadamente, Garmony apartó el brazo.

—Oh, sí. La mayoría de la gente se habría ahorcado por mucho menos.

Una hora y media después circulaban por las calles de Amsterdam en un coche oficial del gobierno holandés.

Llevaban sin hablar un buen rato, y George, como sin darle importancia, dijo:

—He oído que el estreno de Birmingham ha sido pospuesto.

—Suspendido, más bien. Giulio Bo dice que la obra es una mierda. La mitad de la British Symphony Orchestra se niega a tocarla. Al parecer hay una melodía al final que, excepto unas cuantas notas, es una copia descarada de la *Oda a la alegría* de Beethoven.

—No es extraño que se suicidara.

Los cuerpos estaban en el pequeño depósito de cadáveres del sótano de la comisaría principal de Amsterdam. Mientras bajaban las escaleras de hormigón hacia el sótano, Garmony se preguntó si habría un lugar secreto similar bajo las dependencias de Scotland Yard. Ya nunca lo sabría. Tras llevar a cabo las identificaciones oficiales oportunas, el ex ministro fue llevado aparte por el ministro del Interior holandés para cambiar impresiones, y George Lane se quedó contemplando las caras de sus viejos conocidos. Curiosamente, ambos parecían en paz. Vernon tenía los labios ligeramente separados, como si estuviera diciendo algo interesante y se hubiera quedado a la mitad, y Clive tenía el aire feliz de alguien a quien se está dedicando un cerrado aplauso.

Poco después, Garmony y Lane circulaban por el centro de la ciudad en el mismo coche. Ambos se hallaban ensimismados en sus propios pensamientos.

–Me acaban de decir algo muy interesante –dijo Garmony al rato–. La prensa no lo ha contado como fue. Nadie sabe la verdad. No fue un doble suicidio. Se envenenaron mutuamente. Se administraron el uno al otro Dios sabe qué droga mortífera. Fue un asesinato recíproco.

–¡Dios santo!

–Resulta que buscaron la ayuda de dos de esos médicos granujas que llevan hasta el límite las leyes holandesas de la eutanasia. Esa gente cobra grandes sumas por quitar de en medio a parientes muy ancianos de sus clientes.

–Es curioso –dijo George–. Me parece que *El Juez* publicó un reportaje sobre eso precisamente.

Volvió la cabeza para mirar por la ventanilla. Atravesaban, casi a paso humano, la Brouwersgracht. Una calle tan agradable, tan pulcra y ordenada. En la esquina había un bonito café en el que probablemente se vendían drogas.

–Ah –suspiró al fin–. Los holandeses y sus razonables leyes.

–Exacto –dijo Garmony–. En lo de ser razonables los holandeses se exceden.

A última hora de la tarde, de vuelta en Inglaterra, después de cumplir los trámites de los ataúdes y de pasar la aduana en Heathrow y de localizar a sus respectivos chóferes, Garmony y Lane se estrecharon la mano y se despidieron. Garmony salió para Wiltshire, donde tenía pensado pasar más tiempo con su familia, y Lane fue a visitar a Mandy Halliday.

George hizo que el coche le dejara al comienzo de la calle; pasearía unos minutos hasta la casa y llamaría a la puerta. Necesitaba planear lo que iba a decirle a la viuda de Vernon. Pero, en lugar de hacerlo, mientras iba caminando en la frescura relajante del crepúsculo, pasando ante casas victorianas, escuchando el sonido de los primeros cortacéspedes en la primavera temprana, vio que sus pensamientos tomaban placenteramente otros derroteros: Garmony vencido, airosamente defendido por Rose Garmony en la rueda de prensa (incluso negó mendazmente la aventura extraconyugal de su esposo), y ahora Vernon fuera de juego. Y *también* Clive... En conjunto, las cosas no habían salido tan mal en lo relativo a los antiguos amantes de Molly. Sin duda era un buen momento para empezar a pensar en ofrecerle un buen funeral a su querida Molly.

George llegó a la casa de Halliday y se detuvo unos instantes en las escaleras de la entrada. Conocía a Mandy desde hacía muchos años. Una gran chica. Una cabecita loca en su juventud. Tal vez no fuera demasiado pronto para pedirle que saliera a cenar con él algún día.

Sí, un funeral como es debido, se dijo. En Saint Martin's mejor que en Saint James's, por mucho que Saint James's gozara en la actualidad del favor de los crédulos lectores de los libros que él publicaba. Sí, Saint Martin's, entonces, y sólo él pronunciaría el discurso fúnebre. Nadie más. No habría amantes del pasado intercambiándose miradas. Sonrió, y cuando levantó la mano para pulsar el timbre su mente se hallaba ya ocupada en la fascinante tarea de confeccionar la lista de invitados.

ÍNDICE